THÉRÈSE DESQUEYROUX

Dossier thématique : une héroïne en rupture

Paru au Livre de Poche :

Philippe Claudel, LE RAPPORT DE BRODECK
Dossier thématique : l'autre

Philippe Grimbert, UN SECRET
Dossier thématique : la mémoire

Victor Hugo, LE DERNIER JOUR D'UN CONDAMNÉ
Dossier thématique : l'homme face à la société

Irène Némirovsky, M. ROSE ET AUTRES NOUVELLES.
Dossier thématique : l'individu à l'épreuve de l'Histoire

Arthur Rimbaud, CAHIERS DE DOUAI
Dossier thématique : l'adolescence

Edmond Rostand, CYRANO DE BERGERAC
Dossier thématique : l'héroïsme

Shakespeare, ROMÉO ET JULIETTE
Dossier thématique : passions tragiques

Boris Vian, L'ÉCUME DES JOURS
Dossier thématique : l'humour

Delphine de Vigan, NO ET MOI
Dossier thématique : la rencontre

FRANÇOIS MAURIAC

THÉRÈSE DESQUEYROUX

DOSSIER THÉMATIQUE :

UNE HÉROÏNE EN RUPTURE

PRÉSENTATION, DOSSIER ET NOTES D'HÉLÈNE FLAK-MARTINOLI,
AVEC LA COLLABORATION D'ALICE DUROUX-GAUCHET.

LE LIVRE DE POCHE

LES CLASSIQUES
pédago

Hélène Flak-Martinoli est certifiée de lettres modernes. Elle enseigne actuellement au lycée Martin Luther King, à Bussy-Saint-Georges.

Alice Duroux-Gauchet est agrégée de lettres modernes. Elle enseigne actuellement au lycée Maurice Ravel, à Paris.

Couverture : Studio LGF. Madame d'Ora,
Portrait de l'actrice française Mireille Balin (vers 1930).

ISBN : 978-2-253-24023-5

SOMMAIRE

UN AUTEUR, UN CONTEXTE, UNE ŒUVRE

I. FRANÇOIS MAURIAC

Longtemps réduit à l'étiquette d'« auteur catholique de droite », François Mauriac mérite d'être redécouvert. En effet ses romans d'analyse présentent des personnages ambigus, qui reflètent la personnalité complexe de l'auteur. Doublement récompensé par son entrée à l'Académie française et par le prix Nobel de littérature, il a produit une œuvre romanesque qui a frappé les esprits par la noirceur de ses portraits.

1. Une enfance marquante

François Mauriac naît le 11 octobre 1885 à Bordeaux. Il grandit dans les Landes, région qui, avec ses pins, ses odeurs particulières, deviendra un motif entêtant de ses œuvres. Ce paysage sera d'ailleurs plus qu'un simple cadre : les héros, viscéralement solitaires, se construisent en harmonie avec ce décor, à l'instar du jeune Mauriac.

Orphelin de père à deux ans, vivant très tôt sous l'aile protectrice, et peut-être oppressante, d'une mère veuve et très pieuse, François Mauriac grandit dans l'univers fermé de la bourgeoisie bordelaise. Il observe alors le monde des adultes qui l'entourent, leur obsession des apparences, les oppositions politiques entre une mère conservatrice (hostile aux changements et attachée aux valeurs traditionnelles) et cléricale (favorable au clergé), et un oncle au contraire athée et républicain. Ses études au collège privé catholique Sainte-Marie Grand-Lebrun à Bordeaux renforcent cet « entre-soi ». Il s'en émancipera à vingt ans par sa rencontre avec « Le Sillon », un groupe de jeunes catholiques animé par Marc Sangnier, qui lui fait découvrir le catholicisme social, démocrate et pacifique.

POUR COMPRENDRE : LE CATHOLICISME SOCIAL

Marc Sangnier fonde un mouvement catholique social « Le Sillon », puis la « Ligue de la Jeune République », à laquelle participa Mauriac durant environ une année. Deux revues *Le Sillon* et *La Démocratie* – que Mauriac distribuera quelque temps – propagent ses idées de démocratie et de paix en cette période troublée d'après-guerre.

Après avoir échoué à son baccalauréat en 1903, il le passe avec succès l'année suivante, puis enchaîne avec une licence de lettres. Souhaitant ardemment quitter Bordeaux, il se présente à la prestigieuse École des chartes afin, avoua-t-il, de « monter » à Paris. Bien qu'il intègre cette grande école, il s'en détourne aussitôt pour la littérature qui l'attirait depuis un certain temps déjà.

2. Un romancier

Comme beaucoup d'écrivains, il fait ses « premières armes » en poésie en composant deux recueils à trois ans d'écart. Mais c'est avec la veine romanesque, qu'il acquiert ses premiers succès et « entre » réellement en littérature. De 1922 à 1936, il s'impose avec des romans assez sombres comme *Le Baiser au lépreux* (1922), *Genitrix* (1923), *Thérèse Desqueyroux* (1927) ou *Le Nœud de vipères* (1932), dont les personnages déchirés luttent avec le mal et semblent étouffer dans des vies étriquées. Il est élu en 1933 à l'Académie française, couronnement de ses succès éditoriaux, après en avoir obtenu le grand prix du roman pour son *Désert de l'amour* l'année précédente. En 1952, il sera de nouveau récompensé, internationalement cette fois, par le prix Nobel de littérature.

Entre-temps, il se lancera dans l'écriture théâtrale, avec des succès mitigés. Il reviendra au roman avec *Un adolescent d'autrefois*, qu'il achève en 1969, quelques mois avant de mourir, prouvant ainsi que le genre romanesque lui tient particulièrement à cœur.

3. Un homme engagé et modéré

Il est difficile d'enfermer François Mauriac dans un courant politique. En effet, il prend des positions courageuses qui l'éloignent parfois de son milieu conservateur. Dès 1935, il dénonce la menace fasciste italienne. En 1936, il se sent solidaire des républicains espagnols luttant contre le régime franquiste durant la guerre civile. Lors de la Seconde Guerre mondiale, il juge sévèrement la collaboration et les hommes de Vichy, et entre en Résistance en publiant en 1943, sous le pseudonyme de Forez, son *Cahier noir*. Par la suite, il s'insurge contre les guerres coloniales en Indochine puis en Algérie, et dénonce le recours à la torture.

Cependant, bien que résistant, il s'oppose à la mise à mort de Robert Brasillach, écrivain antisémite et rédacteur en chef de *Je suis partout*, au nom de la nécessité du pardon et de la charité chrétienne. Il soutient de manière indéfectible le général de Gaulle, même après son retrait du pouvoir, et malgré les nombreuses critiques que ce dernier s'est attiré du milieu intellectuel. Mauriac a ainsi le courage de ses opinions même lorsqu'elles vont à l'encontre de la pensée commune.

L'exemple le plus manifeste de son indépendance politique se dévoile dans ses chroniques journalistiques abondantes, qu'il intitule *Bloc-notes*, proposées dans des revues orientées aussi bien à droite qu'à gauche. De même, alors que son lectorat est catholique et plutôt conservateur, il se montre très critique tant envers la bourgeoisie qu'envers le catholicisme, se mettant à dos bon nombre de lecteurs.

4. Une vie rangée

Après une passion sans lendemain pour Marianne Chausson, la fille d'un célèbre musicien et compositeur, il s'éprend à vingt-six ans de celle qui deviendra et restera sa femme toute sa vie, Jeanne Lafon. Son futur beau-père, haut fonctionnaire des finances, voit d'un mauvais œil ce jeune poète lui demander la main de sa fille. Cependant, ce mariage sera célébré et donnera lieu à la naissance de quatre enfants, dont le premier, Claude, fut aussi écrivain.

Une autre passion occupa sa vie : l'acquisition, grâce à son héritage et aux ventes de ses livres, de sa maison natale en Gironde, le domaine viticole de Malagar.

Mauriac s'éteint en 1970, laissant une œuvre autobiographique inachevée.

François Mauriac en quelques dates

11 octobre 1885 : Naissance à Bordeaux dans un milieu aisé, catholique et conservateur.

1887 : Son père meurt. Il vit avec sa sœur et ses trois frères sous l'aile d'une mère très pieuse.

1903 : Échec au baccalauréat, qu'il obtiendra l'année suivante.

1904-1907 : Licence de Lettres. Reçu à la prestigieuse École des chartes à Paris, qu'il abandonnera presque aussitôt.

1905 : Rencontre décisive avec Marc Sangnier, le fondateur du Sillon (un mouvement de jeunes catholiques) qui fait durablement évoluer son catholicisme conservateur vers des préoccupations sociales, démocrates et pacifiques.

1909 : Premier recueil de poésies *Les Mains jointes*.

1913 : Il épouse Jeanne Lafon, fille d'un haut fonctionnaire des finances, avec laquelle il aura quatre enfants.

1922 : *Le Baiser au lépreux*

1927 : Très vif succès de *Thérèse Desqueyroux* qui le poussera à développer un cycle autour de ce personnage avec deux autres romans, *Ce qui était perdu* (1930) et *La Fin de la nuit* (1935), puis deux nouvelles *Thérèse chez le docteur* et *Thérèse à l'hôtel* en 1933, qui auront cependant moins de succès.

1932 : *Le Nœud de vipères*

1933 : Il entre à l'Académie française.

1937 : Après le bombardement de Guernica, il prend position en faveur des républicains espagnols durant la guerre civile.

1943 : Durant la Seconde Guerre mondiale, il publie clandestinement *Le Cahier noir* sous le pseudonyme de Forez et entre ainsi en Résistance.

1945 : Il s'oppose durant la Libération aux « épurations » et demande la grâce de Robert Brasillach (écrivain d'extrême droite et antisémite) au nom de la charité.

1952 : Prix Nobel de littérature.

De 1952 à sa mort : Il publie diverses chroniques dans des revues tantôt orientées à droite, tantôt plus à gauche, prouvant ainsi ses positions politiques nuancées.

1er septembre 1970 : Il s'éteint quelques mois avant le général de Gaulle, auquel il était infailliblement resté fidèle.

II. UN CONTEXTE

1. La situation politique autour de 1927[1]

Dans les années 1920, les Français pansent encore les plaies de la Première Guerre mondiale : on inaugure la tombe du soldat inconnu sous l'Arc de triomphe à Paris, on rapatrie des morts enterrés dans des cimetières militaires vers des caveaux familiaux. Les relations avec l'Allemagne restent tendues, en raison principalement du traité de Versailles. Par ailleurs, la France voit avec inquiétude la montée des nationalismes dans les pays voisins – fascisme de Mussolini en Italie, percée d'Hitler en Allemagne.

POUR COMPRENDRE

Le traité de Versailles : Traité de paix signé entre les Alliés et l'Allemagne à la suite de sa capitulation en 1918, instituant la responsabilité unilatérale à l'Allemagne, qui n'avait pas été conviée aux négociations. L'Allemagne le considérera toujours comme profondément injuste.

Benito Mussolini : Premier homme d'État en Europe à mettre au pouvoir un parti nationaliste : le fascisme

1. Date de publication de *Thérèse Desqueyroux*.

italien. Dès 1922, il est appelé le « Duce » (le guide). Il mourra en 1945.

Adolf Hitler : Dès 1920, il adhère au Parti national-socialiste des travailleurs, violemment opposé aux accords de Versailles. En 1933, Hitler est nommé chancelier (poste équivalent à celui de Premier ministre). Quelques semaines après a lieu un incendie au Reichstag, prétendument opéré par un communiste, ce qui donne un prétexte à Hitler pour promulguer l'état d'urgence. Il en profite aussi pour éliminer toutes les forces d'oppositions politiques grâce à ses miliciens les SA (sections d'assaut). Le parti nazi a désormais tout pouvoir.

Le pays est fortement bipolarisé politiquement, entre le cartel des gauches (unissant communistes, socialistes…) et le front des droites, appelé Bloc national. Les affrontements sont parfois sanglants, ce qui renforce ce climat de tensions.

Pour comprendre

Cartel des gauches : La gauche est représentée par plusieurs partis dont le Parti radical-socialiste (anticlérical et laïque, héritier de la Révolution française), le SFIO (appelé par la suite Parti socialiste, dirigé par Jean Jaurès puis Léon Blum et ensuite Édouard Herriot), le Parti communiste (créé à la suite de la révolution bolchévique en Russie).

Front des droites : La droite, représentée par les modérés, est appelée aussi le Bloc national avec Raymond Poincaré à sa tête et, à l'extrême droite (très active mais qui ne montera au pouvoir qu'en 1940 avec Philippe Pétain et le gouvernement de Vichy), l'Action française (mouvement politique antisémite par conséquent antidreyfusard, et royaliste) qui a un rayonnement certain à l'époque.

2. La situation des femmes dans l'entre-deux-guerres

Malgré leur très fort engagement dans l'effort de guerre, les femmes n'ont pas acquis de nouveaux droits. En 1860, le code civil déclare que l'homme doit « protection à la femme » et la femme « obéissance au mari ». L'adultère de la femme était sanctionné par les tribunaux, mais pas celui du mari sauf s'il se déroulait au domicile conjugal, et le divorce restait très compliqué à obtenir. Dès 1900, de nombreuses professions longtemps interdites aux femmes, comme l'enseignement, la médecine, la magistrature, leur sont autorisées ; pourtant les femmes restent largement sous-représentées car les mentalités n'évoluent pas aussi vite que les lois.

Cependant, dans les années 1920, un nouveau profil de femmes éclot : la garçonne. Ces femmes sont reconnaissables à leur coupe de cheveux qui fait d'abord scandale, une coupe courte à la « garçonne », d'où leur surnom. Elles fument des cigarettes, pratiquent des sports comme le tennis et conduisent des automobiles, attributs alors considérés comme masculins. Elles mènent une vie indépendante, s'émancipant de l'autorité du mari. Parfois même elles revendiquent leur homosexualité, ce qui permet aux plus critiques de refuser de voir que cette libération révèle une volonté féministe plus large, en la réduisant à l'homosexualité ou à un simple phénomène de mode vestimentaire. Le roman de Victor Margueritte *La Garçonne* (1922) donne une visibilité littéraire à ce courant qui révèle une évolution des mentalités, surtout dans les milieux parisiens.

Pour comprendre : Le féminisme

Doctrine qui, au XIXe siècle, commence à revendiquer ouvertement le droit à l'émancipation des femmes, par rapport à leur époux et aux droits légaux, et réclame une égalité entre les sexes. La société évolue doucement, comme en témoignent ces quelques exemples : en 1861, première femme bachelière ; en 1875, première femme médecin ; en 1909, autorisation du port du pantalon pour les femmes ; en 1938, fin de l'obéissance légale aux époux ; en 1944, droit de vote accordé aux femmes.

3. Le contexte artistique de l'entre-deux-guerres

La France est marquée par deux courants qui révolutionnent les arts et scandalisent l'esprit bourgeois : le dadaïsme d'abord, qui pose les bases de la destruction et veut renverser le beau et le bien ; les surréalistes ensuite, qui cherchent à réinventer le rapport au réel. En effet les artistes, qui reviennent profondément traumatisés par la guerre de 1914-1918, considèrent qu'il faut renverser les codes artistiques. Ils créent des œuvres, tant littéraires que picturales, anticonformistes, qui défient la raison et la logique, et sont souvent perçues comme très subversives (allant à l'encontre de l'ordre établi et des valeurs morales). En littérature, par exemple, André Breton et Philippe Soupault écrivent à deux mains en « écriture automatique », c'est-à-dire par association d'idées et sans rien s'interdire. C'est aussi l'invention des cadavres exquis, une écriture collective dont la première création, « Le cadavre exquis boira le vin nouveau », donna le titre de cette pratique.

François Mauriac semble parfaitement imperméable à ces deux courants novateurs : il est considéré comme classique. Ses phrases sont limpides, le cadre spatio-temporel de ses récits est réaliste, les intrigues suivent une progression logique, ce qui l'inscrit dans la tradition romanesque du XIXe siècle.

4. Le roman dans les années 1920

Dans les années 1920, trois maisons d'édition, la NRF (et ses romans dits « de qualité »), Albin Michel (pour la grande diffusion) et Grasset (romans brefs), contribuent à la diversité et au renouvellement du roman, un genre alors à la mode.

Quelles sources d'inspiration François Mauriac a-t-il pu puiser chez ses contemporains ?

Marcel Proust, dans *À la recherche du temps perdu,* propose une grande fresque du milieu mondain des années 1900, dans laquelle le narrateur observe avec beaucoup de distance et de lucidité ses relations amoureuses. Cela évoque le comportement de Thérèse qui essaie de comprendre pourquoi elle est une épouse distante, critique envers son mari.

Lorsque François Mauriac est jeune homme, une œuvre séduit alors, autant qu'elle scandalise : celle d'André Gide. En effet, grâce à lui, l'homosexualité acquiert une certaine visibilité (que Marcel Proust avait plus timidement amorcée). François Mauriac propose entre Anne et Thérèse une relation assez trouble, qui rappelle l'œuvre gidienne. Cependant, André Gide prône le plaisir détaché de l'amour, ce qui est contraire à la vision plus morale et chrétienne de François Mauriac.

Mais malgré ces différents héritages, l'œuvre de François Mauriac reste singulière.

Chronologie :

1920 : Tombe du soldat inconnu sous l'Arc de triomphe. – Mode des « garçonnes ».

1921 : Traduction de l'*Introduction à la psychanalyse* de Sigmund Freud. – Création du parti fasciste en Italie.

1922 : Benito Mussolini installe une dictature en Italie. – Publication de *La Garçonne* de Victor Margueritte, mis à l'Index par le Vatican. – Refus du droit de vote aux femmes.

1933 : Arrivée au pouvoir d'Adolf Hitler devenu Chancelier.

1936 : Guerre civile en Espagne opposant républicains et nationalistes ; ces derniers l'emportent, installant le général et dictateur Franco au pouvoir.

1938 : Fin de l'obligation d'obéissance des femmes à leurs époux.

1940 : Régime de Vichy avec le maréchal Pétain à sa tête jusqu'en 1944, sous l'occupation allemande.

1944 : Droit de vote accordé aux femmes.

1954 : Fin de la guerre d'Indochine après la défaite de Diên Biên Phu.

1956 : Indépendance de la Tunisie et du Maroc.

1962 : Indépendance de l'Algérie.

III. UNE ŒUVRE

1. Sources d'inspiration et réception

Pour l'histoire de *Thérèse Desqueyroux*, François Mauriac s'inspira d'une affaire judiciaire, appelée aussi l'affaire des Chartrons. Henriette-Blanche Canaby fut accusée en 1905 d'avoir voulu empoisonner son mari, courtier en vins bordelais endetté. Alors qu'il avait vingt et un ans, François Mauriac assista à son procès en cour d'assises de la Gironde, au cours duquel elle fut condamnée pour « faux et usage de faux ». Avec des ordonnances contrefaites, elle se procurait auprès de pharmaciens de l'arsenic ainsi que d'autres substances toxiques, qui entraient dans la composition de la liqueur de Fowler (médicament découvert par Thomas Fowler en 1786), qu'elle donnait à son mari en grande quantité. Contre toute attente, son époux témoigna en sa faveur.

François Mauriac avoua qu'il avait éprouvé beaucoup de tendresse pour cette femme durant son procès. Dès lors, une intrigue se construit dans son imaginaire d'écrivain. Si l'œuvre est bien inspirée d'un fait réel, elle le dépasse cependant très largement. En effet, l'intérêt du roman réside dans la manière dont le romancier plonge le lecteur dans les pensées de son héroïne.

Lorsque Mauriac publie *Thérèse Desqueyroux* en janvier 1927, il a déjà neuf romans à son actif. Pourtant, c'est avec ce livre qu'il acquiert une véritable reconnaissance populaire, car le roman obtient un franc succès et l'éditeur doit produire de nouveaux tirages. Dès sa sortie, il reçoit des articles élogieux de la part d'éminents critiques littéraires comme Albert Thibaudet. Preuve indirecte de son succès, il est adapté au cinéma : en 1962 par Georges Franju, puis cinquante ans plus tard par Claude Miller, avec Audrey Tautou dans le rôle-titre.

2. Originalité de l'œuvre

Une partie du succès de cette œuvre peut s'expliquer par la thématique choisie : l'héroïne est une criminelle, qui a essayé d'assassiner son époux pour des raisons obscures, qu'elle va tenter d'analyser. De plus, la justice n'a pas été faite puisque la meurtrière a été protégée par celui-là même qu'elle a essayé d'empoisonner, son époux Bernard. Cette intrigue attise la curiosité du lecteur pour comprendre un geste aussi inquiétant, ainsi que les réactions pour le moins surprenantes de son entourage.

En outre, on retrouve tous les thèmes obsédants de l'auteur. En effet, le récit se situe dans sa région natale, source d'inspiration récurrente, plus précisément dans le petit village d'Argelouse, au sud de Bordeaux. François Mauriac, une fois encore, dissèque le milieu dont il est issu. Les personnages appartiennent en effet à la « bonne bourgeoisie », ils viennent de familles plus ou moins croyantes et pratiquantes. Ils sont animés par l'obsession des apparences et de l'image qu'ils renvoient à la société, à l'exception de Thérèse, qui apparaît justement comme une « étrangère » à son milieu.

Conformément à tous les récits de François Mauriac, la protagoniste s'interroge sur des questions existentielles insolubles – dans le cadre, souvent, de monologues intérieurs. Pourquoi a-t-elle agi ainsi ? Comment s'expliquent ses actes ? Quelle part de responsabilité a-t-elle ? Autant de questionnements profondément humains qui font de cette œuvre un roman intemporel.

Ce court roman propose donc aux lecteurs de se plonger dans l'intériorité d'une criminelle, en peignant le milieu bourgeois et provincial dans lequel elle vit.

3. Personnages et intrigue

Le roman s'ouvre *in medias res**[1] sur la sortie de l'héroïne, Thérèse, d'un procès où elle vient d'être relaxée. Son avocat et son père discutent comme si elle n'était pas là. S'ensuivent plusieurs chapitres pendant lesquels Thérèse réfléchit à la façon dont elle va pouvoir expliquer à son époux, Bernard, les raisons de sa tentative d'empoisonnement sur sa personne. Mais pour cela, elle doit déjà faire preuve de discernement. Rassurée au début du voyage sur sa capacité à expliquer ses motifs, elle perd confiance au fur et à mesure qu'elle

1. Les mots suivis d'un astérisque sont définis dans les encadrés Repères et recensés dans le Glossaire en fin d'ouvrage.

se rapproche du domicile conjugal, en particulier lorsqu'elle repense aux agissements de Bernard face à sa petite sœur, Anne, qui était sortie du « droit chemin ». Elle ne devine pas ce qui l'attend et se méprend grandement sur l'accueil qui va lui être réservé…

Repère

Un incipit ***in medias res*** : Contrairement aux romans réalistes qui posaient très longuement le cadre spatio-temporel (qui ? où ? quand ? quoi ?) avant d'ouvrir l'intrigue, un incipit *in medias res* précipite directement le lecteur au cœur de l'histoire.

PROJET DE LECTURE

Au cours de votre lecture, vous serez particulièrement attentif :

- □ à la **relation** que Thérèse entretient **avec son époux**, Bernard ;
- □ à la **relation** que Thérèse entretient **avec sa famille** (père, beaux-parents, enfant) ;
- □ à la **relation** que l'héroïne développe **avec son amie** d'enfance, Anne de la Trave, et à la manière dont cette relation évolue ;
- □ aux **raisons** qui peuvent expliquer le geste de Thérèse, ainsi qu'à la manière dont elle-même l'analyse.

THÉRÈSE DESQUEYROUX

Seigneur, ayez pitié, ayez pitié des fous et des folles ! Ô Créateur ! peut-il exister des monstres aux yeux de Celui-là seul qui sait pourquoi ils existent, comment ils se sont faits, *et comment ils auraient pu* ne pas se faire…

Charles BAUDELAIRE.

Thérèse, beaucoup diront que tu n'existes pas. Mais je sais que tu existes, moi qui, depuis des années, t'épie et souvent t'arrête au passage, te démasque.

Adolescent, je me souviens d'avoir aperçu, dans une salle étouffante d'assises[1]*, livrée aux avocats moins féroces que les dames empanachées, ta petite figure blanche et sans lèvres.*

Plus tard, dans un salon de campagne, tu m'apparus sous les traits d'une jeune femme hagarde qu'irritaient les soins de ses vieilles parentes, d'un époux naïf : « Mais qu'a-t-elle donc ? disaient-ils. Pourtant nous la comblons de tout. »

Depuis lors, que de fois ai-je admiré, sur ton front vaste et beau, ta main un peu trop grande ! Que de fois, à travers les barreaux vivants d'une famille, t'ai-je vue tourner en rond, à pas de louve ; et de ton œil méchant et triste, tu me dévisageais.

Beaucoup s'étonneront que j'aie pu imaginer une créature plus odieuse encore que tous mes autres héros.

---

1. François Mauriac fait référence à l'affaire d'Henriette-Blanche Canaby, dont il suivit le procès lorsqu'il était jeune homme (voir p. 25).

Saurai-je jamais rien dire des êtres ruisselants de vertu et qui ont le cœur sur la main ? Les « cœurs sur la main » n'ont pas d'histoire ; mais je connais celle des cœurs enfouis et tout mêlés à un corps de boue.

J'aurais voulu que la douleur, Thérèse, te livre à Dieu ; et j'ai longtemps désiré que tu fusses digne du nom de sainte Locuste[1]*. Mais plusieurs, qui pourtant croient à la chute et au rachat de nos âmes tourmentées, eussent crié au sacrilège.*

Du moins, sur ce trottoir où je t'abandonne, j'ai l'espérance que tu n'es pas seule.

---

1. Sainte Locuste est un personnage de l'Antiquité romaine, célèbre pour avoir empoisonné l'empereur Claude (10 av. J.-C.-54 apr. J.-C.), puis Britannicus (41-55 apr. J.-C.).

I

L'avocat ouvrit une porte. Thérèse Desqueyroux, dans ce couloir dérobé du Palais de justice, sentit sur sa face la brume et, profondément, l'aspira. Elle avait peur d'être attendue, hésitait à sortir. Un homme, dont le col était relevé, se détacha d'un platane ; elle reconnut son père. L'avocat cria : « Non-lieu[1] » et, se retournant vers Thérèse :

« Vous pouvez sortir : il n'y a personne. »

Elle descendit des marches mouillées. Oui, la petite place semblait déserte. Son père ne l'embrassa pas, ne lui donna pas même un regard ; il interrogeait l'avocat Duros qui répondait à mi-voix, comme s'ils eussent été épiés. Elle entendait confusément leurs propos :

« Je recevrai demain l'avis officiel du non-lieu.

— Il ne peut plus y avoir de surprise ?

— Non : les carottes sont cuites[2], comme on dit.

— Après la déposition de mon gendre, c'était couru.

---

1. Terme judiciaire signifiant qu'une affaire est classée sans suite.

2. Cette expression signifie que tout est définitivement réglé.

— Couru… couru… On ne sait jamais.

— Du moment que, de son propre aveu, il ne comptait jamais les gouttes…

— Vous savez, Larroque, dans ces sortes d'affaires, le témoignage de la victime… »

La voix de Thérèse s'éleva :

« Il n'y a pas eu de victime.

— J'ai voulu dire : victime de son imprudence, madame. »

Les deux hommes, un instant, observèrent la jeune femme immobile, serrée dans son manteau, et ce blême[1] visage qui n'exprimait rien. Elle demanda où était la voiture ; son père l'avait fait attendre sur la route de Budos, en dehors de la ville, pour ne pas attirer l'attention.

Ils traversèrent la place : des feuilles de platane étaient collées aux bancs trempés de pluie. Heureusement, les jours avaient bien diminué. D'ailleurs, pour rejoindre la route de Budos, on peut suivre les rues les plus désertes de la sous-préfecture. Thérèse marchait entre les deux hommes qu'elle dominait du front et qui de nouveau discutaient comme si elle n'eût pas été présente ; mais, gênés par ce corps de femme qui les séparait, ils le poussaient du coude. Alors elle demeura un peu en arrière, déganta sa main gauche pour arracher de la mousse aux vieilles pierres qu'elle longeait. Parfois un ouvrier à bicyclette la dépassait, ou une carriole ; la boue jaillie

1. Pâle, blanche, comme malade.

l'obligeait à se tapir[1] contre le mur. Mais le crépuscule recouvrait Thérèse, empêchait que les hommes la reconnussent. L'odeur de fournil et de brouillard n'était plus seulement pour elle l'odeur du soir dans une petite ville : elle y retrouvait le parfum de la vie qui lui était rendue enfin ; elle fermait les yeux au souffle de la terre endormie, herbeuse et mouillée ; s'efforçait de ne pas entendre les propos du petit homme aux courtes jambes arquées qui, pas une fois, ne se retourna vers sa fille ; elle aurait pu choir[2] au bord de ce chemin : ni lui, ni Duros ne s'en fussent aperçus. Ils n'avaient plus peur d'élever la voix.

« La déposition de M. Desqueyroux était excellente, oui. Mais il y avait cette ordonnance : en somme, il s'agissait d'un faux… Et c'était le docteur Pédemay qui avait porté plainte…

— Il a retiré sa plainte…

— Tout de même, l'explication qu'elle a donnée : cet inconnu qui lui remet une ordonnance… »

Thérèse, moins par lassitude que pour échapper à ces paroles dont on l'étourdissait depuis des semaines, ralentit en vain sa marche ; impossible de ne pas entendre le fausset[3] de son père :

« Je le lui ai assez dit : "Mais, malheureuse, trouve autre chose… trouve autre chose…" »

---

1. Se cacher, se dit souvent pour un animal, ce qui permet à l'auteur de lancer une métaphore filée dans le roman, comparant Thérèse à un animal en détresse.
2. Tomber.
3. Voix aiguë et donc plutôt associée à une voix de femme.

Il le lui avait assez dit, en effet, et pouvait se rendre justice. Pourquoi s'agite-t-il encore ? Ce qu'il appelle l'honneur du nom est sauf ; d'ici les élections sénatoriales, nul ne se souviendra plus de cette histoire. Ainsi songe Thérèse qui voudrait bien ne pas rejoindre les deux hommes ; mais dans le feu de la discussion, ils s'arrêtent au milieu de la route et gesticulent.

« Croyez-moi, Larroque, faites front ; prenez l'offensive dans *Le Semeur* de dimanche ; préférez-vous que je m'en charge ? Il faudrait un titre comme *La Rumeur infâme*...

— Non, mon vieux ; non, non : que répondre, d'ailleurs ? C'est trop évident que l'instruction a été bâclée ; on n'a pas même eu recours aux experts en écriture ; le silence, l'étouffement, je ne connais que ça. J'agirai, j'y mettrai le prix ; mais, pour la famille, il faut recouvrir tout ça... il faut recouvrir... »

Thérèse n'entendit pas la réponse de Duros, car ils avaient allongé le pas. Elle aspira de nouveau la nuit pluvieuse, comme un être menacé d'étouffement ; et soudain s'éveilla en elle le visage inconnu de Julie Bellade, sa grand-mère maternelle – inconnu : on eût cherché vainement chez les Larroque ou chez les Desqueyroux un portrait, un daguerréotype[1], une photographie de cette femme dont nul ne savait rien, sinon qu'elle était partie un jour. Thérèse imagine qu'elle aurait pu être ainsi effacée, anéantie, et que plus tard il n'eût même pas été permis à sa fille, à sa

1. Photographie, du nom de son inventeur, Louis Daguerre.

petite Marie, de retrouver dans un album la figure de celle qui l'a mise au monde. Marie, à cette heure, déjà s'endort dans une chambre d'Argelouse où Thérèse arrivera tard, ce soir ; alors la jeune femme entendra, dans les ténèbres, ce sommeil d'enfant ; elle se penchera, et ses lèvres chercheront comme de l'eau, cette vie endormie.

Au bord du fossé, les lanternes d'une calèche, dont la capote était baissée, éclairaient deux croupes maigres de chevaux. Au-delà se dressait, à gauche et à droite de la route, une muraille sombre de forêt. D'un talus à l'autre, les cimes des premiers pins se rejoignaient et, sous cet arc, s'enfonçait la route mystérieuse. Le ciel, au-dessus d'elle, se frayait un lit encombré de branches. Le cocher contemplait Thérèse avec une attention goulue[1]. Comme elle lui demandait s'ils arriveraient assez tôt pour le dernier train, à la gare du Nizan, il la rassura : tout de même, mieux valait ne pas s'attarder.

« C'est la dernière fois que je vous donne cette corvée, Gardère.

— Madame n'a plus à faire ici ? »

Elle secoua la tête et l'homme la dévorait toujours des yeux. Devrait-elle, toute sa vie, être ainsi dévisagée ?

« Alors, tu es contente ? »

Son père semblait enfin s'apercevoir qu'elle était là. Thérèse, d'un bref regard, scruta ce visage sali

1. Avec une curiosité « gourmande », malsaine : il la « dévore des yeux ».

de bile[1], ces joues hérissées de durs poils d'un blanc jaune que les lanternes éclairaient vivement. Elle dit à voix basse : « J'ai tant souffert… je suis rompue… » puis s'interrompit : à quoi bon parler ? Il ne l'écoute pas ; ne la voit plus. Que lui importe ce que Thérèse éprouve ? Cela seul compte : son ascension vers le Sénat interrompue, compromise à cause de cette fille (toutes des hystériques quand elles ne sont pas idiotes). Heureusement, elle ne s'appelle plus Larroque ; c'est une Desqueyroux. La cour d'assises[2] évitée, il respire. Comment empêcher les adversaires d'entretenir la plaie ? Dès demain, il ira voir le préfet. Dieu merci, on tient le directeur de *La Lande conservatrice* : cette histoire de petites filles[3]… Il prit le bras de Thérèse :

« Monte vite ; il est temps. »

Alors l'avocat, perfidement peut-être – ou pour que Thérèse ne s'éloignât pas, sans qu'il lui eût adressé une parole, demanda si elle rejoignait dès ce soir M. Bernard Desqueyroux. Comme elle répondait : « Mais bien sûr, mon mari m'attend… » elle se représenta pour la première fois, depuis qu'elle avait quitté le juge, qu'en effet, dans quelques heures, elle passerait le seuil de la chambre où son mari était étendu, un peu malade encore, et qu'une indéfinie suite de jours, de nuits, s'ouvrait, au long desquels il faudrait vivre tout contre cet homme.

---

1. Inquiet, fermé, mécontent.
2. Jugement définitif et sans appel des crimes.
3. Suggère une histoire de pédophilie pour le directeur du journal régional.

Établie chez son père, aux portes de la petite ville, depuis l'ouverture de l'instruction, sans doute avait-elle souvent fait ce même voyage qu'elle entreprenait ce soir ; mais elle n'avait alors aucune autre préoccupation que de renseigner exactement son mari ; elle écoutait, avant de monter en voiture, les derniers conseils de Duros touchant les réponses que devait faire M. Desqueyroux lorsqu'il serait de nouveau interrogé ; – aucune angoisse chez Thérèse, en ce temps-là, aucune gêne à l'idée de se retrouver face à face avec cet homme malade : il s'agissait alors entre eux non de ce qui s'était passé réellement, mais de ce qu'il importait de dire ou de ne pas dire. Jamais les deux époux ne furent mieux unis que par cette défense ; unis dans une seule chair – la chair de leur petite fille Marie. Ils recomposaient, à l'usage du juge, une histoire simple, fortement liée et qui pût satisfaire ce logicien[1]. Thérèse, à cette époque, montait dans la même calèche qui l'attend, ce soir ; – mais avec quelle impatience d'achever ce voyage nocturne dont elle souhaite à présent de ne pas voir la fin ! Elle se souvient qu'à peine en voiture, elle eût voulu être déjà dans cette chambre d'Argelouse, et se remémorait les renseignements qu'attendait Bernard Desqueyroux (qu'il ne craigne pas d'affirmer qu'elle lui avait parlé un soir de cette ordonnance dont un homme inconnu l'avait suppliée de se charger, sous prétexte qu'il n'osait plus paraître

1. Au sens de juge rationnel et logique.

chez le pharmacien à qui il devait de l'argent… Mais Duros n'était pas d'avis que Bernard allât jusqu'à prétendre qu'il se souvenait d'avoir reproché à sa femme une telle imprudence…).

Le cauchemar dissipé, de quoi parleront-ils ce soir, Bernard et Thérèse ? Elle voit en esprit la maison perdue où il l'attend ; elle imagine le lit au centre de cette chambre carrelée, la lampe basse sur la table parmi des journaux et des fioles… Les chiens de garde que la voiture a réveillés aboient encore, puis se taisent ; et de nouveau régnera ce silence solennel[1], comme durant les nuits où elle contemplait Bernard en proie à d'atroces vomissements. Thérèse s'efforce d'imaginer le premier regard qu'ils échangeront tout à l'heure ; puis cette nuit, et le lendemain, le jour qui suivra, les semaines, dans cette maison d'Argelouse où ils n'auront plus à construire ensemble une version avouable du drame qu'ils ont vécu. Rien ne sera plus entre eux que ce qui fut réellement… ce qui fut réellement… Prise de panique, Thérèse balbutie, tournée vers l'avocat (mais c'est au vieux qu'elle s'adresse) :

« Je compte demeurer quelques jours auprès de M. Desqueyroux. Puis, si le mieux s'accentue, je reviendrai chez mon père.

— Ah ! ça non, non, non, ma petite ! »

Et comme Gardère sur son siège s'agitait, M. Larroque reprit à voix plus basse :

---

1. Grave, affecté.

« Tu deviens tout à fait folle ? Quitter ton mari en ce moment ? Il faut que vous soyez comme les deux doigts de la main[1]… comme les deux doigts de la main, entends-tu ? jusqu'à la mort…

— Tu as raison, père ; où avais-je la tête ? Alors c'est toi qui viendras à Argelouse ?

— Mais, Thérèse, je vous attendrai chez moi les jeudis de foire, comme d'habitude. Vous viendrez comme vous êtes toujours venus ! »

C'était incroyable qu'elle ne comprît pas que la moindre dérogation aux usages serait leur mort. C'était bien entendu ? Il pouvait compter sur Thérèse ? Elle avait causé à la famille assez de mal…

« Tu feras tout ce que ton mari t'ordonnera de faire. Je ne peux pas mieux dire. »

Et il la poussa dans la voiture.

Thérèse vit se tendre vers elle la main de l'avocat, ses durs ongles noirs : « Tout est bien qui finit bien », dit-il, et c'était du fond du cœur ; si l'affaire avait suivi son cours, il n'en aurait guère eu le bénéfice ; la famille eût fait appel à maître Peyrecave, du barreau bordelais. Oui, tout était bien…

---

1. Nouvelle expression toute faite signifiant « liés de façon forte et indéfectible ».

JE FAIS LE POINT : CHAPITRE I

1 - Reconstituez les événements que dévoile ce premier chapitre. Qu'apprenons-nous de ce procès ?

2 - Qu'apprenons-nous sur l'héroïne ? Reconstituez les différents liens familiaux esquissés.

3 - Quelle semble être la principale préoccupation du père de Thérèse ?

4 - Qu'apporte l'allusion à la grand-mère maternelle de Thérèse, Julie Bellade ? En quoi est-ce comme une menace pour l'héroïne ?

5 - Thérèse a-t-elle l'air heureuse de son acquittement, de ce « non-lieu » ?

II

Cette odeur de cuir moisi des anciennes voitures, Thérèse l'aime… Elle se console d'avoir oublié ses cigarettes, détestant de fumer dans le noir. Les lanternes éclairent les talus, une frange de fougères, la base des pins géants. Les piles de cailloux détruisent l'ombre de l'équipage. Parfois passe une charrette et les mules d'elles-mêmes prennent la droite sans que bouge le muletier endormi. Il semble à Thérèse qu'elle n'atteindra jamais Argelouse ; elle espère ne l'atteindre jamais ; plus d'une heure de voiture jusqu'à la gare du Nizan ; puis ce petit train qui s'arrête indéfiniment à chaque gare. De Saint-Clair même où elle descendra jusqu'à Argelouse, dix kilomètres à parcourir en carriole (telle est la route qu'aucune auto n'oserait s'y engager la nuit). Le destin, à toutes les étapes peut encore surgir, la délivrer ; Thérèse cède à cette imagination qui l'eût possédée, la veille du jugement, si l'inculpation avait été maintenue : l'attente du tremblement de terre. Elle enlève son chapeau, appuie contre le cuir odorant sa petite tête blême et ballottée[1], livre son corps aux cahots. Elle avait vécu, jusqu'à ce soir, d'être traquée ; maintenant que la voilà sauve, elle mesure son épuisement. Joues creuses, pommettes, lèvres aspirées, et ce large front, magnifique, composent une figure de condamnée – oui, bien que les hommes ne l'aient pas reconnue coupable – condamnée à la solitude éternelle. Son charme, que le monde naguère disait irrésistible, tous ces êtres le possèdent dont le visage trahirait un tourment secret, l'élancement[2] d'une plaie intérieure, s'ils ne s'épuisaient à donner le change. Au fond de cette calèche cahotante, sur cette route frayée dans l'épaisseur obscure des pins, une jeune femme démasquée caresse doucement avec la main droite sa face de brûlée vive. Quelles seront les premières paroles de Bernard dont le faux témoignage l'a sauvée ? Sans doute ne posera-t-il aucune question, ce soir… mais demain ? Thérèse ferme les yeux, les rouvre et, comme les chevaux vont au pas, s'efforce de reconnaître cette montée. Ah ! ne rien prévoir. Ce sera peut-être plus simple qu'elle n'imagine. Ne rien prévoir. Dormir… Pourquoi n'est-elle plus dans la calèche[3] ? Cet homme derrière un tapis vert : le juge d'instruction… encore lui… Il sait bien pourtant que l'affaire est arrangée. Sa tête remue de gauche à droite : l'ordonnance de non-lieu ne peut être rendue, il y a un fait nouveau. Un fait nouveau ? Thérèse

1. Que les mouvements de la calèche balancent de droite à gauche.

2. La souffrance invisible à l'œil nu.

3. Elle est donc « partie » dans un cauchemar.

se détourne pour que l'ennemi ne voie pas sa figure décomposée. « Rappelez vos souvenirs, madame. Dans la poche intérieure de cette vieille pèlerine[1] – celle dont vous n'usez plus qu'en octobre, pour la chasse à la palombe[2] –, n'avez-vous rien oublié, rien dissimulé ? » Impossible de protester ; elle étouffe. Sans perdre son gibier des yeux, le juge dépose sur la table un paquet minuscule, cacheté de rouge. Thérèse pourrait réciter la formule inscrite sur l'enveloppe et que l'homme déchiffre d'une voix coupante :

Chloroforme : 30 grammes
Aconitine granules : n° 20
Digitaline sol. : 20 grammes[3]

Le juge éclate de rire… Le frein grince contre la roue. Thérèse s'éveille ; sa poitrine dilatée s'emplit de brouillard (ce doit être la descente du ruisseau blanc). Ainsi rêvait-elle, adolescente, qu'une erreur l'obligeait à subir de nouveau les épreuves du brevet simple. Elle goûte, ce soir, la même allégeance[4] qu'à ses réveils d'alors : à peine un peu de trouble parce que le non-lieu n'était pas encore officiel : « Mais tu sais bien qu'il doit être d'abord notifié à l'avocat… »

---

1. Manteau.
2. Pigeon.
3. François Mauriac tire cette liste de médicaments d'empoisonneur de l'affaire de Canaby.
4. Libération, délivrance.

Libre… que souhaiter de plus ? Ce ne lui serait qu'un jeu de rendre possible sa vie auprès de Bernard. Se livrer à lui jusqu'au fond, ne rien laisser dans l'ombre : voilà le salut[1]. Que tout ce qui était caché apparaisse dans la lumière, et dès ce soir. Cette résolution comble Thérèse de joie. Avant d'atteindre Argelouse, elle aura le temps de « préparer sa confession », selon le mot que sa dévote[2] amie Anne de la Trave répétait chaque samedi de leurs vacances heureuses. Petite sœur Anne, chère innocente, quelle place vous occupez dans cette histoire ! Les êtres les plus purs ignorent à quoi ils sont mêlés chaque jour, chaque nuit, et ce qui germe d'empoisonné sous leurs pas d'enfants.

Certes elle avait raison, cette petite fille, lorsqu'elle répétait à Thérèse, lycéenne raisonneuse et moqueuse : « Tu ne peux imaginer cette délivrance après l'aveu, après le pardon – lorsque, la place nette, on peut recommencer sa vie sur nouveaux frais. » Il suffisait à Thérèse d'avoir résolu de tout dire pour déjà connaître, en effet, une sorte de desserrement délicieux : « Bernard saura tout ; je lui dirai… »

Que lui dirait-elle ? Par quel aveu commencer ? Des paroles suffisent-elles à contenir cet enchaînement confus de désirs, de résolutions, d'actes imprévisibles ? Comment font-ils, tous ceux qui connaissent leurs crimes ?… « Moi, je ne connais pas mes crimes.

---

1. Le salut a ici un sens religieux signifiant être sauvé du péché ou de la damnation éternelle. Les métaphores qui suivront autour de la lumière auront aussi cette connotation.

2. Croyante, pratiquante.

Je n'ai pas voulu celui dont on me charge. Je ne sais pas ce que j'ai voulu. Je n'ai jamais su vers quoi tendait cette puissance forcenée en moi et hors de moi : ce qu'elle détruisait sur sa route, j'en étais moi-même terrifiée… »

Une fumeuse lampe à pétrole éclairait le mur crépi de la gare du Nizan et une carriole arrêtée. (Que les ténèbres se reforment vite à l'entour !) D'un train garé venaient des mugissements, des bêlements tristes. Gardère prit le sac de Thérèse, et de nouveau, il la dévorait des yeux. Sa femme avait dû lui recommander : « Tu regarderas bien comment elle est, quelle tête elle fait… » Pour le cocher de M. Larroque, Thérèse d'instinct retrouvait ce sourire qui faisait dire aux gens : « On ne se demande pas si elle est jolie ou laide, on subit son charme… » Elle le pria d'aller prendre sa place au guichet, car elle craignait de traverser la salle d'attente où deux métayères assises, un panier sur les genoux et branlant la tête, tricotaient.

Quand il rapporta le billet, elle lui dit de garder la monnaie. Il toucha de la main sa casquette puis, les rênes rassemblées, se retourna une dernière fois pour dévisager la fille de son maître.

Le train n'était pas formé encore. Naguère, à l'époque des grandes vacances ou de la rentrée des classes, Thérèse Larroque et Anne de la Trave se faisaient une joie de cette halte à la gare du Nizan. Elles mangeaient à l'auberge un œuf frit sur du jambon puis allaient, se tenant par la taille, sur cette route si ténébreuse ce soir ; mais Thérèse ne la voit, en ces années finies, que blanche de lune. Alors elles riaient de leurs longues ombres confondues. Sans doute parlaient-elles de leurs maîtresses, de leurs compagnes, – l'une défendant son couvent, l'autre son lycée[1]. « Anne... » Thérèse prononce son nom à haute voix dans le noir. C'était d'elle qu'il faudrait d'abord entretenir Bernard... Le plus précis des hommes, ce Bernard : il classe tous les sentiments, les isole, ignore entre eux ce lacis de défilés, de passages. Comment l'introduire dans ces régions indéterminées où Thérèse a vécu, a souffert ? Il le faut pourtant. Aucun autre geste possible, tout à l'heure, en pénétrant dans la chambre, que de s'asseoir au bord du lit et d'entraîner Bernard d'étape en étape jusqu'au point où il arrêtera Thérèse : « Je comprends maintenant ; lève-toi ; sois pardonnée.[2] »

Elle traversa à tâtons le jardin du chef de gare, sentit des chrysanthèmes[3] sans les voir. Personne dans le compartiment de première, où d'ailleurs le lumignon n'eût pas suffi à éclairer son visage. Impossible de lire : mais quel récit n'eût paru fade à Thérèse, au prix de sa vie terrible ? Peut-être mourrait-elle de honte, d'angoisse, de remords, de fatigue, – mais elle ne mourrait pas d'ennui.

---

1. Si Thérèse, dont le père est laïque et radical, va à l'école publique, au contraire Anne suit une éducation religieuse dispensée par des sœurs.

2. Allusion aux paroles du Christ à un paralysé : « Lève-toi et marche », ce qui prouve que Thérèse espère de Bernard un pardon chrétien.

3. Plante associée à la fête des morts à la Toussaint.

Elle se rencogna, ferma les yeux. Était-il vraisemblable qu'une femme de son intelligence n'arrivât pas à rendre ce drame intelligible ? Oui, sa confession finie, Bernard la relèverait : « Va en paix, Thérèse, ne t'inquiète plus. Dans cette maison d'Argelouse, nous attendrons ensemble la mort, sans que nous puissent jamais séparer les choses accomplies. J'ai soif. Descends toi-même à la cuisine. Prépare un verre d'orangeade. Je le boirai d'un trait, même s'il est trouble. Qu'importe que le goût me rappelle celui qu'avait autrefois mon chocolat du matin ? Tu te souviens, ma bien-aimée, de ces vomissements ? Ta chère main soutenait ma tête ; tu ne détournais pas les yeux de ce liquide verdâtre ; mes syncopes ne t'effrayaient pas. Pourtant, comme tu devins pâle cette nuit où je m'aperçus que mes jambes étaient inertes, insensibles. Je grelottais, tu te souviens ? Et cet imbécile de docteur Pédemay stupéfait que ma température fût si basse et mon pouls si agité… »

« Ah ! songe Thérèse, il n'aura pas compris. Il faudra tout reprendre depuis le commencement… » Où est le commencement de nos actes ? Notre destin, quand nous voulons l'isoler, ressemble à ces plantes qu'il est impossible d'arracher avec toutes leurs racines. Thérèse remontera-t-elle jusqu'à son enfance ? Mais l'enfance est elle-même une fin, un aboutissement.

L'enfance de Thérèse : de la neige à la source du fleuve le plus sali. Au lycée, elle avait paru vivre indifférente et comme absente des menues tragédies qui déchiraient ses compagnes. Les maîtresses souvent leur proposaient l'exemple de Thérèse Larroque : « Thérèse ne demande point d'autre récompense que cette joie de réaliser en elle un type d'humanité supérieure. Sa conscience est son unique et suffisante lumière. L'orgueil d'appartenir à l'élite humaine la soutient mieux que ne ferait la crainte du châtiment… » Ainsi s'exprimait une de ses maîtresses. Thérèse s'interroge : « Étais-je si heureuse ? Étais-je si candide[1] ? Tout ce qui précède mon mariage prend dans mon souvenir cet aspect de pureté ; contraste, sans doute, avec cette ineffaçable salissure des noces. Le lycée, au-delà de mon temps d'épouse et de mère, m'apparaît comme un paradis. Alors je n'en avais pas conscience. Comment aurais-je pu savoir que dans ces années d'avant la vie, je vivais ma vraie vie ? Pure, je l'étais : un ange, oui ! Mais un ange plein de passions. Quoi que prétendissent mes maîtresses, je souffrais, je faisais souffrir. Je jouissais du mal que je causais et de celui qui me venait de mes amies ; pure souffrance qu'aucun remords n'altérait : douleurs et joies naissaient des plus innocents plaisirs. »

La récompense de Thérèse, c'était, à la saison brûlante, de ne pas se juger indigne d'Anne qu'elle rejoignait sous les chênes d'Argelouse. Il fallait qu'elle pût dire à l'enfant élevée au Sacré-Cœur : « Pour être aussi pure que tu l'es, je n'ai pas besoin de tous ces rubans ni de toutes ces rengaines… » Encore la

1. Naïve, innocente.

pureté d'Anne de la Trave était-elle faite surtout d'ignorance. Les dames du Sacré-Cœur interposaient mille voiles entre le réel et leurs petites filles. Thérèse les méprisait de confondre vertu et ignorance : « Toi, chérie, tu ne connais pas la vie… », répétait-elle en ces lointains étés d'Argelouse. Ces beaux étés… Thérèse, dans le petit train qui démarre enfin, s'avoue que c'est vers eux qu'il faut que sa pensée remonte, si elle veut voir clair. Incroyable vérité que dans ces aubes toutes pures de nos vies, les pires orages étaient déjà suspendus. Matinées trop bleues : mauvais signe pour le temps de l'après-midi et du soir. Elles annoncent les parterres saccagés, les branches rompues et toute cette boue. Thérèse n'a pas réfléchi, n'a rien prémédité à aucun moment de sa vie ; nul tournant brusque : elle a descendu une pente insensible, lentement d'abord puis plus vite. La femme perdue de ce soir, c'est bien le jeune être radieux qu'elle fut durant les étés de cet Argelouse où voici qu'elle retourne furtive et protégée par la nuit.

Quelle fatigue ! À quoi bon découvrir les ressorts secrets de ce qui est accompli ? La jeune femme, à travers les vitres, ne distingue rien hors le reflet de sa figure morte. Le rythme du petit train se rompt ; la locomotive siffle longuement, approche avec prudence d'une gare. Un falot balancé par un bras, des appels en patois, les cris aigus des porcelets débarqués : Uzeste déjà. Une station encore, et ce sera Saint-Clair d'où il faudra accomplir en carriole la dernière étape vers Argelouse. Qu'il reste peu de temps à Thérèse pour préparer sa défense !

III

Argelouse est réellement une extrémité de la terre ; un de ces lieux au-delà desquels il est impossible d'avancer, ce qu'on appelle ici un quartier[1] : quelques métairies[2], sans église ni mairie, ni cimetière, disséminées autour d'un champ de seigle, à dix kilomètres du bourg de Saint-Clair, auquel les relie une seule route défoncée. Ce chemin plein d'ornières et de trous se mue, au-delà d'Argelouse, en sentiers sablonneux ; et jusqu'à l'Océan il n'y a plus rien que quatre-vingts kilomètres de marécages, de lagunes, de pins grêles, de landes où, à la fin de l'hiver, les brebis ont la couleur de la cendre. Les meilleures familles de Saint-Clair sont issues de ce quartier perdu. Vers le milieu du dernier siècle, alors que la résine[3] et le bois commencèrent d'ajouter aux maigres ressources qu'ils tiraient de leurs troupeaux, les grands-pères de ceux qui vivent aujourd'hui s'établirent à Saint-Clair, et leurs logis d'Argelouse devinrent des métairies. Les poutres

---

1. Hameau (langue régionale).
2. Exploitations agricoles.
3. La résine fabriquée par les pins rappelle que l'intrigue se déroule dans les Landes, où l'on en faisait le commerce.

sculptées de l'auvent, parfois une cheminée en marbre témoignent de leur ancienne dignité. Elles se tassent un peu plus chaque année et la grande aile fatiguée d'un de leurs toits touche presque la terre.

Deux de ces vieilles demeures pourtant sont encore des maisons de maîtres. Les Larroque et les Desqueyroux ont laissé leurs logis d'Argelouse tels qu'ils les reçurent des ascendants. Jérôme Larroque, maire et conseiller général de B[1]. et qui avait aux portes de cette sous-préfecture sa résidence principale, ne voulut jamais rien changer à ce domaine d'Argelouse qui lui venait de sa femme (morte en couches alors que Thérèse était encore au berceau) et où il ne s'étonnait pas que la jeune fille eût le goût de passer les vacances. Elle s'y installait dès juillet, sous la garde d'une sœur aînée de son père, tante Clara, vieille fille sourde qui aimait aussi cette solitude, parce qu'elle n'y voyait pas, disait-elle, les lèvres des autres remuer et qu'elle savait qu'on n'y pouvait rien entendre que le vent dans les pins. M. Larroque se félicitait de ce qu'Argelouse, qui le débarrassait de sa fille, la rapprochait de ce Bernard Desqueyroux qu'elle devait épouser, un jour, selon le vœu des deux familles, et bien que leur accord n'eût pas un caractère officiel.

Bernard Desqueyroux avait hérité de son père, à Argelouse, une maison voisine de celle des Larroque ; on ne l'y voyait jamais avant l'ouverture de la chasse et il n'y couchait qu'en octobre, ayant installé non

1. Comprendre Bazas et non Bordeaux.

loin sa palombière[1]. L'hiver, ce garçon raisonnable suivait à Paris des cours de droit ; l'été, il ne donnait que peu de jours à sa famille : Victor de la Trave l'exaspérait, que sa mère, veuve, avait épousé « sans le sou » et dont les grandes dépenses étaient la fable[2] de Saint-Clair. Sa demi-sœur Anne lui paraissait trop jeune alors pour qu'il pût lui accorder quelque attention. Songeait-il beaucoup plus à Thérèse ? Tout le pays les mariait parce que leurs propriétés semblaient faites pour se confondre et le sage garçon était, sur ce point, d'accord avec tout le pays. Mais il ne laissait rien au hasard et mettait son orgueil dans la bonne organisation de la vie : « On n'est jamais malheureux que par sa faute… », répétait ce jeune homme un peu trop gras. Jusqu'à son mariage, il fit une part égale au travail et au plaisir ; s'il ne dédaignait ni la nourriture, ni l'alcool, ni surtout la chasse, il travaillait d'« arrache-pied[3] », selon l'expression de sa mère. Car un mari doit être plus instruit que sa femme ; et déjà l'intelligence de Thérèse était fameuse ; un esprit fort, sans doute… mais Bernard savait à quelles raisons cède une femme ; et puis, ce n'était pas mauvais, lui répétait sa mère : « d'avoir un pied dans les deux camps[4] » ; le père Larroque pourrait le servir.

1. Petite cabane construite pour que les chasseurs puissent s'y cacher lorsqu'ils tirent des palombes ou autre gibier.

2. Dont on se moquait dans le village à cause de son caractère dépensier.

3. L'emploi des guillemets suggère une mise à distance de l'expression par l'auteur.

4. Le père de Thérèse est libéral alors que la famille de Bernard est plutôt conservatrice.

À vingt-six ans, Bernard Desqueyroux, après quelques voyages « fortement potassés d'avance » en Italie, en Espagne, aux Pays-Bas, épouserait la fille la plus riche et la plus intelligente de la lande, peut-être pas la plus jolie, « mais on ne se demande pas si elle est jolie ou laide, on subit son charme ».

Thérèse sourit à cette caricature de Bernard qu'elle dessine en esprit : « Au vrai, il était plus fin que la plupart des garçons que j'eusse pu épouser. » Les femmes de la lande sont très supérieures aux hommes qui, dès le collège, vivent entre eux et ne s'affinent guère ; la lande a gardé leur cœur ; ils continuent d'y demeurer en esprit ; rien n'existe pour eux, que les plaisirs qu'elle leur dispense ; ce serait la trahir, la quitter un peu plus que de perdre la ressemblance avec leurs métayers, de renoncer au patois, aux manières frustes et sauvages. Sous la dure écorce de Bernard n'y avait-il une espèce de bonté ? Lorsqu'il était tout près de mourir, les métayers disaient : « Après lui, il n'y aura plus de monsieur, ici. » Oui, de la bonté, et aussi une justesse d'esprit, une grande bonne foi ; il ne parle guère de ce qu'il ne connaît pas ; il accepte ses limites. Adolescent, il n'était point si laid, cet Hippolyte mal léché[1] – moins curieux des jeunes filles que du lièvre qu'il forçait dans la lande...

1. Contraction entre l'expression populaire « (ours) mal léché » qui signifie peu agréable, peu sociable et la référence littéraire à Hippolyte, célèbre Grec dont la belle-mère Phèdre tomba amoureuse alors qu'il était réputé totalement insensible aux charmes des femmes, de même Bernard semble préférer chasser les oiseaux que les jeunes filles.

Pourtant ce n'est pas lui que Thérèse, les paupières baissées, la tête contre la vitre du wagon, voit surgir à bicyclette en ces matinées d'autrefois, sur la route de Saint-Clair à Argelouse, vers neuf heures, avant que la chaleur soit à son comble ; non pas le fiancé indifférent, mais sa petite sœur Anne, le visage en feu, – et déjà les cigales s'allumaient de pin en pin et sous le ciel commençait à ronfler la fournaise de la lande. Des millions de mouches s'élevaient des hautes brandes[1] : « Remets ton manteau pour entrer au salon ; c'est une glacière… » Et la tante Clara ajoutait : « Ma petite, vous aurez à boire quand vous ne serez plus en nage… » Anne criait à la sourde d'inutiles paroles de bienvenue : « Ne t'égosille[2] pas, chérie, elle comprend tout au mouvement des lèvres… » Mais la jeune fille articulait en vain chaque mot et déformait sa bouche minuscule : la tante répondait au hasard jusqu'à ce que les amies fussent obligées de fuir pour rire à l'aise.

Du fond d'un compartiment obscur, Thérèse regarde ces jours purs de sa vie – purs mais éclairés d'un frêle bonheur imprécis ; et cette trouble lueur de joie, elle ne savait pas alors que ce devait être son unique part[3] en ce monde. Rien ne l'avertissait que tout son lot tenait dans un salon ténébreux, au centre de l'été implacable, – sur ce canapé de reps[4] rouge,

1. Plantes de sous-bois.
2. Inutile de crier.
3. De bonheur.
4. Tissu d'ameublement.

auprès d'Anne dont les genoux rapprochés soutenaient un album de photographies. D'où lui venait ce bonheur ? Anne avait-elle un seul des goûts de Thérèse ? Elle haïssait la lecture, n'aimait que coudre, jacasser et rire. Aucune idée sur rien, tandis que Thérèse dévorait du même appétit les romans de Paul de Kock, les *Causeries du lundi*, l'*Histoire du Consulat*[1], tout ce qui traîne dans les placards d'une maison de campagne. Aucun goût commun, hors celui d'être ensemble durant ces après-midi où le feu du ciel assiège les hommes barricadés dans une demi-ténèbre. Et Anne parfois se levait pour voir si la chaleur était tombée. Mais, les volets à peine entrouverts, la lumière pareille à une gorgée de métal en fusion, soudain jaillie, semblait brûler la natte, et il fallait de nouveau tout clore et se tapir.

Même au crépuscule, et lorsque déjà le soleil ne rougissait plus que le bas des pins et que s'acharnait, tout près du sol, une dernière cigale, la chaleur demeurait stagnante sous les chênes. Comme elles se fussent assises au bord d'un lac, les amies s'étendaient à l'orée du champ. Des nuées orageuses leur proposaient de glissantes images ; mais avant que Thérèse ait eu le temps de distinguer la femme ailée qu'Anne voyait dans le ciel, ce n'était déjà plus, disait la jeune fille, qu'une étrange bête étendue.

En septembre, elles pouvaient sortir après la collation[2] et pénétrer dans le pays de la soif : pas le

---

1. Titres d'œuvres de Sainte-Beuve et d'Adolphe Thiers. Paul de Kock (1794-1841) était considéré comme un auteur médiocre.
2. Goûter (en langue régionale).

moindre filet d'eau à Argelouse ; il faut marcher longtemps dans le sable avant d'atteindre les sources du ruisseau appelé la Hure. Elles crèvent, nombreuses, un bas-fond d'étroites prairies entre les racines des aulnes. Les pieds nus des jeunes filles devenaient insensibles dans l'eau glaciale, puis, à peine secs, étaient de nouveau brûlants. Une de ces cabanes, qui servent en octobre aux chasseurs de palombes, les accueillait comme naguère le salon obscur. Rien à se dire ; aucune parole : les minutes fuyaient de ces longues haltes innocentes sans que les jeunes filles songeassent plus à bouger que ne bouge le chasseur lorsqu'à l'approche d'un vol, il fait le signe du silence. Ainsi leur semblait-il qu'un seul geste aurait fait fuir leur informe et chaste bonheur. Anne, la première, s'étirait – impatiente de tuer des alouettes au crépuscule ; Thérèse, qui haïssait ce jeu, la suivait pourtant, insatiable de sa présence. Anne décrochait dans le vestibule le calibre 24 qui ne repousse pas[1]. Son amie, demeurée sur le talus, la voyait au milieu du seigle viser le soleil comme pour l'éteindre. Thérèse se bouchait les oreilles ; un cri ivre s'interrompait dans le bleu, et la chasseresse ramassait l'oiseau blessé, le serrait d'une main précautionneuse et, tout en caressant de ses lèvres les plumes chaudes, l'étouffait.

« Tu viendras demain ?

— Oh ! non ; pas tous les jours. »

Elle ne souhaitait pas de la voir tous les jours ; parole raisonnable à laquelle il ne fallait rien opposer ;

1. Carabine sans recul.

toute protestation eût paru, à Thérèse même, incompréhensible. Anne préférait ne pas revenir ; rien ne l'en eût empêchée sans doute ; mais pourquoi se voir tous les jours ? Elles finiraient, disait-elle, par se prendre en grippe[1]. Thérèse répondait : « Oui… oui… surtout ne t'en fais pas une obligation : reviens quand le cœur t'en dira… quand tu n'auras rien de mieux. » L'adolescente à bicyclette disparaissait sur la route déjà sombre en faisant sonner son grelot.

Thérèse revenait vers la maison ; les métayers la saluaient de loin ; les enfants ne l'approchaient pas. C'était l'heure où des brebis s'épandaient sous les chênes et soudain elles couraient toutes ensemble, et le berger criait. Sa tante la guettait sur le seuil et, comme font les sourdes, parlait sans arrêt pour que Thérèse ne lui parlât pas. Qu'était-ce donc que cette angoisse ? Elle n'avait pas envie de lire ; elle n'avait envie de rien ; elle errait de nouveau : « Ne t'éloigne pas : on va servir. » Elle revenait au bord de la route – vide aussi loin que pouvait aller son regard. La cloche tintait au seuil de la cuisine. Peut-être faudrait-il, ce soir, allumer la lampe. Le silence n'était pas plus profond pour la sourde immobile et les mains croisées sur la nappe, que pour cette jeune fille un peu hagarde[2].

Bernard, Bernard, comment t'introduire dans ce monde confus, toi qui appartiens à la race aveugle,

1. Se détester.
2. Qui semble perdue.

à la race implacable des simples ? « Mais, songe Thérèse, dès les premiers mots il m'interrompra : “Pourquoi m'avez-vous épousé ? je ne courais pas après vous...”» Pourquoi l'avait-elle épousé ? C'était vrai qu'il n'avait montré aucune hâte. Thérèse se souvient que la mère de Bernard, Mme Victor de la Trave, répétait à tout venant : « Il aurait bien attendu, mais elle l'a voulu, elle l'a voulu, elle l'a voulu. Elle n'a pas nos principes, malheureusement ; par exemple, elle fume comme un sapeur : un genre qu'elle se donne ; mais c'est une nature très droite, franche comme l'or. Nous aurons vite fait de la ramener aux idées saines. Certes, tout ne nous sourit pas dans ce mariage. Oui... la grand-mère Bellade... je sais bien... mais c'est oublié, n'est-ce pas ? On peut à peine dire qu'il y ait eu scandale, tellement ç'a été bien étouffé. Vous croyez à l'hérédité, vous ? Le père pense mal, c'est entendu ; mais il ne lui a donné que de bons exemples : c'est un saint laïque[1]. Et il a le bras long[2]. On a besoin de tout le monde. Enfin, il faut bien passer sur quelque chose. Et puis, vous me croirez si vous voulez : elle est plus riche que nous. C'est incroyable, mais c'est comme ça. Et en adoration devant Bernard, ce qui ne gâte rien. »

Oui, elle avait été en adoration devant lui : aucune attitude qui demandât moins d'effort. Dans le salon

1. Sorte d'oxymore inventé par la belle-mère de l'héroïne puisque « saint » renvoie à la religion à l'inverse de « laïque ».

2. A beaucoup de pouvoir.

d'Argelouse ou sous les chênes au bord du champ, elle n'avait qu'à lever vers lui ses yeux que c'était sa science d'emplir de candeur amoureuse. Une telle proie à ses pieds flattait le garçon mais ne l'étonnait pas. « Ne joue pas avec elle, lui répétait sa mère, elle se ronge. »

« Je l'ai épousé parce que... » Thérèse, les sourcils froncés, une main sur ses yeux, cherche à se souvenir. Il y avait cette joie puérile[1] de devenir, par ce mariage, la belle-sœur d'Anne. Mais c'était Anne surtout qui en éprouvait de l'amusement ; pour Thérèse, ce lien ne comptait guère. Au vrai, pourquoi en rougir ? Les deux mille hectares de Bernard ne l'avaient pas laissée indifférente. « Elle avait toujours eu la propriété dans le sang. » Lorsque après les longs repas, sur la table desservie on apporte l'alcool, Thérèse était restée souvent avec les hommes, retenue par leurs propos touchant les métayers, les poteaux de mine, la gemme, la térébenthine[2]. Les évaluations de propriétés la passionnaient. Nul doute que cette domination sur une grande étendue de forêt l'ait séduite : « Lui aussi, d'ailleurs, était amoureux de mes pins... » Mais Thérèse avait obéi peut-être à un sentiment plus obscur qu'elle s'efforce de mettre au jour : peut-être cherchait-elle moins dans le mariage une domination, une possession, qu'un refuge. Ce qui l'y avait

1. Enfantine.
2. Évocation des différents produits fabriqués par les pins et commercialisés.

précipitée, n'était-ce pas une panique ? Petite fille pratique, enfant ménagère, elle avait hâte d'avoir pris son rang, trouvé sa place définitive ; elle voulait être rassurée contre elle ne savait quel péril. Jamais elle ne parut si raisonnable qu'à l'époque de ses fiançailles : elle s'incrustait dans un bloc familial, « elle se casait » ; elle entrait dans un ordre. Elle se sauvait.

Ils suivaient, en ce printemps de leurs fiançailles, ce chemin de sable qui va d'Argelouse à Vilméja. Les feuilles mortes des chênes salissaient encore l'azur ; les fougères sèches jonchaient le sol que perçaient les nouvelles crosses[1], d'un vert acide. Bernard disait : « Faites attention à votre cigarette ; ça peut brûler encore ; il n'y a plus d'eau dans la lande. » Elle avait demandé : « Est-ce vrai que les fougères contiennent de l'acide prussique[2] ? » Bernard ne savait pas si elles en contenaient assez pour qu'on pût s'empoisonner. Il l'avait interrogée tendrement : « Vous avez envie de mourir ? » Elle avait ri. Il avait émis le vœu qu'elle devînt plus simple. Thérèse se souvient qu'elle avait fermé les yeux, tandis que deux grandes mains enserraient sa petite tête, et qu'une voix disait contre son oreille : « Il y a là encore quelques idées fausses[3]. » Elle avait répondu : « À vous de les détruire, Bernard. » Ils avaient observé le travail des maçons qui ajoutaient une chambre à la métairie de Vilméja. Les propriétaires, des Bordelais, y voulaient installer leur dernier

1. Jeunes pousses de fougères, au bout recourbé.
2. Un poison.
3. Malsaines, tordues au goût de ce garçon.

fils « qui s'en allait de la poitrine ». Sa sœur était morte du même mal. Bernard éprouvait beaucoup de dédain pour ces Azévédo : « Ils jurent leurs grands dieux qu'ils ne sont pas d'origine juive… mais on n'a qu'à les voir. Et avec ça, tuberculeux[1] ; toutes les maladies… » Thérèse était calme. Anne reviendrait du couvent de Saint-Sébastien pour le mariage. Elle devait quêter avec le fils Deguilhem. Elle avait demandé à Thérèse de lui décrire « par retour du courrier » les robes des autres demoiselles d'honneur : « Ne pourrait-elle en avoir des échantillons ? C'était leur intérêt à toutes de choisir des tons qui fussent accordés… » Jamais Thérèse ne connut une telle paix – ce qu'elle croyait être la paix et qui n'était que le demi-sommeil, l'engourdissement de ce reptile dans son sein.

1. Tuberculeux ou phtisique sont les deux mots pour désigner des maladies des poumons contagieuses inoculées par le bacille de Koch, il en sera à nouveau question avec l'arrivée de Jean Avézédo.

JE FAIS LE POINT : CHAPITRES II ET III

1 - Pourquoi peut-on dire que le chapitre III constitue un retour en arrière (qui ne prendra fin qu'au chapitre IX) ?

2 - Quel projet Thérèse forme-t-elle lors de son trajet de retour vers sa maison et son mari ?

3 - Quel portrait physique et moral François Mauriac donne-t-il de son héroïne ?

4 - Quel genre d'homme semble être Bernard ? Pourquoi Thérèse l'a-t-elle épousé ?

5 - Quels liens Thérèse entretient-elle avec Anne de la Trave ?

IV

Le jour étouffant des noces, dans l'étroite église de Saint-Clair où le caquetage[1] des dames couvrait l'harmonium[2] à bout de souffle et où leurs odeurs triomphaient de l'encens, ce fut ce jour-là que Thérèse se sentit perdue. Elle était entrée somnambule dans la cage et, au fracas de la lourde porte refermée, soudain la misérable enfant se réveillait. Rien de changé, mais elle avait le sentiment de ne plus pouvoir désormais se perdre seule. Au plus épais d'une famille, elle allait couver, pareille à un feu sournois qui rampe sous la brande, embrase un pin, puis l'autre, puis de proche en proche crée une forêt de torches. Aucun visage sur qui reposer ses yeux, dans cette foule, hors celui d'Anne ; mais la joie enfantine de la jeune fille l'isolait de Thérèse : sa joie ! Comme si elle eût ignoré qu'elles allaient être séparées le soir même, et non seulement dans l'espace ; à cause aussi de ce que Thérèse était au moment de souffrir – de ce que son corps innocent allait subir d'irrémédiable[3]. Anne

1. Bavardage.
2. Instrument de musique très présent dans les églises.
3. Il s'agit de la nuit de noces et donc de la perte de la virginité.

demeurait sur la rive où attendent les êtres intacts ; Thérèse allait se confondre avec le troupeau de celles qui ont servi. Elle se rappelle qu'à la sacristie, comme elle se penchait pour baiser ce petit visage hilare[1] levé vers le sien, elle perçut soudain ce néant autour de quoi elle avait créé un univers de douleurs vagues et de vagues joies ; elle découvrit, l'espace de quelques secondes, une disproportion infinie entre ces forces obscures de son cœur et la gentille figure barbouillée de poudre.

Longtemps après ce jour, à Saint-Clair et à B., les gens ne s'entretinrent jamais de ces noces de Gamache[2] (où plus de cent métayers et domestiques avaient mangé et bu sous les chênes) sans rappeler que l'épouse, « qui sans doute n'est pas régulièrement jolie mais qui est le charme même », parut à tous, ce jour-là, laide et même affreuse : « Elle ne se ressemblait pas, c'était une autre personne… » Les gens virent seulement qu'elle était différente de son apparence habituelle ; ils incriminèrent[3] la toilette blanche, la chaleur ; ils ne reconnurent pas son vrai visage.

Au soir de cette noce mi-paysanne, mi-bourgeoise, des groupes où éclataient les robes des filles obligèrent l'auto des époux à ralentir, et on les acclamait. Ils dépassèrent, sur la route jonchée de fleurs d'acacia, des carrioles zigzagantes, conduites par des drôles qui avaient

1. Qui rit très gaiement.

2. Allusion littéraire au *Don Quichotte* de Cervantes, dans lequel un riche paysan offre à ses noces un véritable festin, comme l'ont fait ici les deux familles Larroque et de la Trave à l'occasion du mariage de leur enfant.

3. Accusèrent.

bu. Thérèse, songeant à la nuit qui vint ensuite, murmure : « Ce fut horrible… » puis se reprend : « Mais non… pas si horrible… » Durant ce voyage aux lacs italiens, a-t-elle beaucoup souffert ? Non, non ; elle jouait à ce jeu : ne pas se trahir. Un fiancé se dupe aisément ; mais un mari ! N'importe qui sait proférer des paroles menteuses ; les mensonges du corps exigent une autre science. Mimer le désir, la joie, la fatigue bienheureuse, cela n'est pas donné à tous. Thérèse sut plier son corps à ces feintes et elle y goûtait un plaisir amer. Ce monde inconnu de sensations où un homme la forçait de pénétrer, son imagination l'aidait à concevoir qu'il y aurait eu là, pour elle aussi peut-être, un bonheur possible – mais quel bonheur ? Comme devant un paysage enseveli sous la pluie, nous nous représentons ce qu'il eût été dans le soleil, ainsi Thérèse découvrait la volupté.

Bernard, ce garçon au regard désert, toujours inquiet de ce que les numéros des tableaux ne correspondaient pas à ceux du Baedeker[1], satisfait d'avoir vu dans le moins de temps possible ce qui était à voir, quelle facile dupe ! Il était enfermé dans son plaisir comme ces jeunes porcs charmants qu'il est drôle de regarder à travers la grille, lorsqu'ils reniflent de bonheur dans une auge (« c'était moi, l'auge », songe Thérèse). Il avait leur air pressé, affairé, sérieux ; il était méthodique. « Vous croyez vraiment que cela est sage ? » risquait parfois Thérèse, stupéfaite. Il riait, la rassurait. Où avait-il appris à classer tout ce qui touche à la chair – à distinguer les caresses de l'honnête homme de celles

1. Éditeur de guides touristiques célèbres.

du sadique ? Jamais une hésitation. Un soir, à Paris où, sur le chemin du retour, ils s'arrêtèrent, Bernard quitta ostensiblement[1] un music-hall dont le spectacle l'avait choqué : « Dire que les étrangers voient ça ! Quelle honte ! Et c'est là-dessus qu'on nous juge… » Thérèse admirait que cet homme pudique fût le même dont il lui faudrait subir, dans moins d'une heure, les patientes inventions de l'ombre.

« Pauvre Bernard – non pire qu'un autre ! Mais le désir transforme l'être qui nous approche en un monstre qui ne lui ressemble pas. Rien ne nous sépare plus de notre complice que son délire : j'ai toujours vu Bernard s'enfoncer dans le plaisir, – et moi, je faisais la morte, comme si ce fou, cet épileptique[2], au moindre geste eût risqué de m'étrangler. Le plus souvent, au bord de sa dernière joie, il découvrait soudain sa solitude ; le morne acharnement s'interrompait. Bernard revenait sur ses pas et me trouvait comme sur une plage où j'eusse été rejetée, les dents serrées, froide. »

Une seule lettre d'Anne : la petite n'aimait guère écrire ; – mais par miracle, il n'en était pas une ligne qui ne plût à Thérèse : une lettre exprime bien moins nos sentiments réels que ceux qu'il faut que nous éprouvions pour qu'elle soit lue avec joie. Anne se plaignait de ne pouvoir aller du côté de Vilméja depuis l'arrivée du fils Azévédo ; elle avait vu de loin sa chaise longue dans les fougères ; les phtisiques lui faisaient horreur.

---

1. De manière très visible.
2. Non au sens médical mais comme s'il était fou durant les rapports charnels.

Thérèse relisait souvent ces pages et n'en attendait point d'autres. Aussi fut-elle, à l'heure du courrier, fort surprise (le matin qui suivit cette soirée interrompue au music-hall) de reconnaître sur trois enveloppes l'écriture d'Anne de la Trave. Diverses « postes restantes » leur avaient fait parvenir à Paris ce paquet de lettres, car ils avaient brûlé plusieurs étapes, « pressés, disait Bernard, de retrouver leur nid », – mais au vrai parce qu'ils n'en pouvaient plus d'être ensemble ; lui périssait d'ennui loin de ses fusils, de ses chiens, de l'auberge où le Picon grenadine a un goût qu'il n'a pas ailleurs ; et puis cette femme si froide, si moqueuse, qui ne montre jamais son plaisir, qui n'aime pas causer de ce qui est intéressant !... Pour Thérèse, elle souhaitait de rentrer à Saint-Clair comme une déportée qui s'ennuie dans un cachot provisoire est curieuse de connaître l'île où doit se consumer ce qui lui reste de vie. Thérèse avait déchiffré avec soin la date imprimée sur chacune des trois enveloppes ; et déjà elle ouvrait la plus ancienne, lorsque Bernard poussa une exclamation, cria quelques paroles dont elle ne comprit pas le sens, car la fenêtre était ouverte et les autobus changeaient de vitesse à ce carrefour. Il s'était interrompu de se raser pour lire une lettre de sa mère. Thérèse voit encore le gilet de cellular[1], les bras nus musculeux ; cette peau blême et soudain le rouge cru du cou et de la face. Déjà régnait, en ce matin de juillet, une chaleur sulfureuse[2] ; le soleil

1. Tissu à mailles lâches qui était utilisé pour les vêtements de sport.
2. Au sens propre qui sent le soufre, mais comme on associe le diable au soufre, cette expression se teinte d'idée de péché : la chaleur semble inciter au vice.

enfumé rendait plus sales, au-delà du balcon, les façades mortes. Il s'était rapproché de Thérèse ; il criait : « Celle-là est trop forte ! Eh bien ! ton amie Anne, elle va fort. Qui aurait dit que ma petite sœur… »

Et comme Thérèse l'interrogeait du regard :

« Crois-tu qu'elle s'est amourachée du fils Azévédo ? Oui, parfaitement : cette espèce de phtisique pour lequel ils avaient fait agrandir Vilméja… Mais si : ça a l'air très sérieux… Elle dit qu'elle tiendra jusqu'à sa majorité… Maman écrit qu'elle est complètement folle. Pourvu que les Deguilhem ne le sachent pas ! Le petit Deguilhem serait capable de ne pas faire sa demande. Tu as des lettres d'elle ? Enfin, nous allons savoir… Mais ouvre-les donc.

— Je veux les lire dans l'ordre. D'ailleurs, je ne saurais te les montrer. » Il la reconnaissait bien là ; elle compliquait toujours tout. Enfin l'essentiel était qu'elle ramenât la petite à la raison :

« Mes parents comptent sur toi : tu peux tout sur elle… si… si !… Ils t'attendent comme leur salut. » Pendant qu'elle s'habillait, il allait lancer un télégramme[1] et retenir deux places dans le Sud-express. Elle pouvait commencer à garnir le fond des malles :

« Qu'est-ce que tu attends pour lire les lettres de la petite ?

— Que tu ne sois plus là. »

Longtemps après qu'il eut refermé la porte, Thérèse était demeurée étendue, fumant des cigarettes, les yeux

1. Courrier qui arrivait très rapidement.

sur les grandes lettres d'or noirci, fixées au balcon d'en face ; puis elle avait déchiré la première enveloppe. Non, non ; ce n'était pas cette chère petite idiote, ce ne pouvait être cette couventine[1] à l'esprit court qui avait inventé ces paroles de feu. Ce ne pouvait être de ce cœur sec – car elle avait le cœur sec : Thérèse le savait peut-être ! – qu'avait jailli ce cantique des cantiques[2], cette longue plainte heureuse d'une femme possédée, d'une chair presque morte de joie, dès la première atteinte :

> *… Lorsque je 'ai rencontré, je ne pouvais croire que ce fût lui : il jouait à courir avec le chien en poussant des cris. Comment aurais-je pu imaginer que c'était ce grand malade… mais il n'est pas malade : on prend seulement des précautions, à cause des malheurs qu'il y a eu dans sa famille. Il n'est pas même frêle, – mince plutôt ; et puis habitué à être gâté, dorloté… Tu ne me reconnaîtrais pas : c'est moi qui vais chercher sa pèlerine, dès que la chaleur tombe…*

Si Bernard était rentré à cette minute dans la chambre, il se fût aperçu que cette femme assise sur le lit n'était pas sa femme, mais un être inconnu de lui, une créature étrangère et sans nom. Elle jeta sa cigarette, déchira une seconde enveloppe :

---

1. Élevée au couvent.
2. Allusion à un livre de la Bible réputé pour chanter l'amour au sein du couple dans lequel on trouve des vers comme « Si vous trouvez mon bien-aimé, / Que lui direz-vous ? / Que je suis malade d'amour. »

... J'attendrai le temps qu'il faudra ; aucune résistance ne me fait peur ; mon amour ne le sent même pas. Ils me retiennent à Saint-Clair, mais Argelouse n'est pas si éloigné que Jean et moi ne puissions nous rejoindre. Tu te rappelles la palombière ? C'est toi, ma chérie, qui as d'avance choisi les lieux où je devais connaître une joie telle... Oh ! surtout ne va pas croire que nous fassions rien de mal. Il est si délicat ! Tu n'as aucune idée d'un garçon de cette espèce. Il a beaucoup étudié, beaucoup lu, comme toi : mais chez un jeune homme, ça ne m'agace pas, et je n'ai jamais songé à le taquiner. Que ne donnerais-je pour être aussi savante que tu l'es ! Chérie, quel est donc ce bonheur que tu possèdes aujourd'hui et que je ne connais pas encore, pour que la seule approche en soit un tel délice ? Lorsque dans la cabane des palombes, où tu voulais toujours que nous emportions notre goûter, je demeure auprès de lui, je sens le bonheur en moi, pareil à quelque chose que je pourrais toucher. Je me dis qu'il existe pourtant une joie au-delà de cette joie ; et quand Jean s'éloigne, tout pâle, le souvenir de nos caresses, l'attente de ce qui va être le lendemain, me rend sourde aux plaintes, aux supplications, aux injures de ces pauvres gens qui ne savent pas... qui n'ont jamais su... Chérie, pardonne-moi : je te parle de ce bonheur comme si tu ne le connaissais pas non plus ; pourtant je ne suis qu'une novice[1] *auprès de toi : aussi suis-je bien sûre que tu seras avec nous contre ceux qui nous font du mal...*

1. Débutante.

Thérèse déchira la troisième enveloppe ; quelques mots seulement griffonnés :

Viens, ma chérie : ils nous ont séparés : on me garde à vue[1]*. Ils croient que tu te rangeras de leur côté. J'ai dit que je m'en remettrais à ton jugement. Je t'expliquerai tout : il n'est pas malade… Je suis heureuse et je souffre. Je suis heureuse de souffrir à cause de lui et j'aime sa douleur comme le signe de l'amour qu'il a pour moi…*

Thérèse ne lut pas plus avant. Comme elle glissait le feuillet dans l'enveloppe, elle y aperçut une photographie qu'elle n'avait pas vue d'abord. Près de la fenêtre, elle contempla ce visage : c'était un jeune garçon dont la tête, à cause des cheveux épais, semblait trop forte. Thérèse, sur cette épreuve, reconnut l'endroit : ce talus où Jean Azévédo se dressait, pareil à David[2] (il y avait, derrière, une lande où pacageaient[3] des brebis). Il portait sa veste sur le bras ; sa chemise était un peu ouverte. Thérèse leva les yeux et fut étonnée de sa figure dans la glace. Il lui fallut un effort pour desserrer les dents, avaler sa salive. Elle frotta d'eau de Cologne ses tempes, son front. « Elle connaît cette joie… et moi, alors ? et moi ? pourquoi pas moi ? » La photographie était restée sur la table ; tout auprès luisait une épingle…

---

1. Emprisonnée.
2. Célèbre statue de Michel-Ange représentant David, simple berger, vainquant un terrible guerrier appelé Goliath avec sa fronde. Il se tient droit et fier.
3. Broutaient.

« J'ai fait cela. C'est moi qui ai fait cela... » Dans le train cahotant et qui, à une descente, se précipite, Thérèse répète : « Il y a deux ans déjà, dans cette chambre d'hôtel, j'ai pris l'épingle, j'ai percé la photographie de ce garçon à l'endroit du cœur, – non pas furieusement, mais avec calme et comme s'il s'agissait d'un acte ordinaire ; – aux lavabos, j'ai jeté la photographie ainsi transpercée ; j'ai tiré la chasse d'eau. »

Lorsque Bernard était rentré, il avait admiré qu'elle fût grave, comme une personne qui a beaucoup réfléchi, et même arrêté déjà un plan de conduite. Mais elle avait tort de tant fumer : elle s'intoxiquait ! À entendre Thérèse, il ne fallait pas donner trop d'importance aux caprices d'une petite fille. Elle se faisait fort de l'éclairer... Bernard souhaitait que Thérèse le rassurât, – tout à la joie de sentir dans sa poche les billets de retour ; flatté surtout de ce que les siens avaient déjà recours à sa femme. Il l'avertit que ça coûterait ce que ça coûterait, mais que pour le dernier déjeuner de leur voyage, ils iraient à quelque restaurant du Bois[1]. Dans le taxi, il parla de ses projets pour l'ouverture de la chasse ; il avait hâte d'essayer ce chien que Balion dressait pour lui. Sa mère écrivait que grâce aux pointes de feu, la jument ne boitait plus... Peu de monde encore à ce restaurant dont le service innombrable les intimidait. Thérèse se souvient de cette odeur : géranium

1. Dans les bois parisiens, se trouvaient de célèbres restaurants réputés et coûteux, fréquentés par la bonne société.

et saumure[1]. Bernard n'avait jamais bu de vin du Rhin : « Pristi[2], ils ne le donnent pas. » Mais ça n'était pas tous les jours fête. La carrure de Bernard dissimulait à Thérèse la salle. Derrière les grandes glaces, s'arrêtaient des autos silencieuses. Elle voyait, près des oreilles de Bernard, remuer ce qu'elle savait être les muscles temporaux. Tout de suite après les premières lampées[3], il devint trop rouge : beau garçon campagnard auquel manquait seulement, depuis des semaines, l'espace où brûler sa ration quotidienne de nourriture et d'alcool. Elle ne le haïssait pas ; mais quel désir d'être seule pour penser à sa souffrance, pour chercher l'endroit où elle souffrait ! Simplement qu'il ne soit plus là ; qu'elle puisse ne pas se forcer à manger, à sourire ; qu'elle n'ait plus ce souci de composer son visage, d'éteindre son regard ; que son esprit se fixe librement sur ce désespoir mystérieux : une créature s'évade hors de l'île déserte où tu imaginais qu'elle vivrait près de toi jusqu'à la fin ; elle franchit l'abîme qui te sépare des autres, les rejoint, – change de planète enfin… mais non : quel être a jamais changé de planète ? Anne avait toujours appartenu au monde des simples vivants ; ce n'était qu'un fantôme dont Thérèse autrefois regardait la tête endormie sur ses genoux, durant leurs vacances solitaires : la véritable Anne de la Trave, elle ne l'a jamais connue, celle qui rejoint, aujourd'hui, Jean Azévédo dans une palombière abandonnée entre Saint-Clair et Argelouse.

---

1. Odeur salée.
2. Juron qui abrège « Sapristi ».
3. Gorgées.

« Qu'est-ce que tu as ? Tu ne manges pas ? Il ne faut pas leur en laisser : au prix que ça coûte, ce serait dommage. C'est la chaleur ? Tu ne vas pas tourner de l'œil ? À moins que ce soit un malaise… déjà. »

Elle sourit ; sa bouche seule souriait. Elle dit qu'elle réfléchissait à cette aventure d'Anne (il fallait qu'elle parlât d'Anne). Et comme Bernard déclarait être bien tranquille, du moment qu'elle avait pris l'affaire en main, la jeune femme lui demanda pourquoi ses parents étaient hostiles à ce mariage. Il crut qu'elle se moquait de lui, la supplia de ne pas commencer à soutenir des paradoxes :

« D'abord, tu sais bien qu'ils sont juifs : maman a connu le grand-père Azévédo, celui qui avait refusé le baptême. »

Mais Thérèse prétendait qu'il n'y avait rien de plus ancien à Bordeaux que ces noms d'israélites portugais :

« Les Azévédo tenaient déjà le haut du pavé[1] lorsque nos ancêtres, bergers misérables, grelottaient de fièvre au bord de leurs marécages.

— Voyons, Thérèse : ne discute pas pour le plaisir de discuter ; tous les juifs se valent… et puis c'est une famille de dégénérés, tuberculeux jusqu'à la moelle, tout le monde le sait. »

Elle alluma une cigarette, d'un geste qui toujours avait choqué Bernard :

« Rappelle-moi donc de quoi est mort ton grand-père, ton arrière-grand-père ? Tu t'es inquiété de savoir, en m'épousant, quelle maladie a emporté ma mère ? Crois-tu que chez nos ascendants, nous ne

1. Possédaient des places importantes, avaient de belles propriétés.

trouverions pas assez de tuberculeux et de syphilitiques[1] pour empoisonner l'univers ?

— Tu vas trop loin, Thérèse, permets-moi de te le dire ; même en plaisantant et pour me faire grimper[2], tu ne dois pas toucher à la famille. »

Il se rengorgeait[3], vexé, – voulant à la fois le prendre de haut et ne pas paraître ridicule à Thérèse. Mais elle insistait :

« Nos familles me font rire avec leur prudence de taupes ! cette horreur des tares[4] apparentes n'a d'égale que leur indifférence à celles, bien plus nombreuses, qui ne sont pas connues... Toi-même, tu emploies pourtant cette expression : maladies secrètes... non ? Les maladies les plus redoutables pour la race ne sont-elles pas secrètes par définition ? nos familles n'y songent jamais, elles qui s'entendent si bien, pourtant, à recouvrir, à ensevelir leurs ordures : sans les domestiques, on ne saurait jamais rien. Heureusement qu'il y a les domestiques...

— Je ne te répondrai pas : quand tu te lances, le mieux est d'attendre que ce soit fini. Avec moi, il n'y a que demi-mal : je sais que tu t'amuses. Mais à la maison, tu sais, ça ne prendrait pas. Nous ne plaisantons pas sur le chapitre de la famille. »

La famille ! Thérèse laissa éteindre sa cigarette ; l'œil fixe, elle regardait cette cage aux barreaux innombrables

1. Maladie contagieuse souvent contractée au cours d'un rapport sexuel.
2. Me mettre en colère, m'énerver.
3. Faisait l'important, se gonflait d'orgueil.
4. Défauts, maladies.

et vivants, cette cage tapissée d'oreilles et d'yeux, où, immobile, accroupie, le menton aux genoux, les bras entourant ses jambes, elle attendrait de mourir.

« Voyons, Thérèse, ne fais pas cette figure : si tu te voyais… »

Elle sourit, se remasqua :

« Je m'amusais… Que tu es nigaud, mon chéri ! »

Mais dans le taxi, comme Bernard se rapprochait d'elle, sa main l'éloignait, le repoussait.

Ce dernier soir avant le retour au pays, ils se couchèrent dès neuf heures. Thérèse avala un cachet, mais elle attendait trop le sommeil pour qu'il vînt. Un instant, son esprit sombra jusqu'à ce que Bernard, dans un marmonnement incompréhensible, se fût retourné ; alors elle sentit contre elle ce grand corps brûlant ; elle le repoussa et, pour n'en plus subir le feu, s'étendit sur l'extrême bord de la couche ; mais après quelques minutes, il roula de nouveau vers elle comme si la chair en lui survivait à l'esprit absent et, jusque dans le sommeil, cherchait confusément sa proie accoutumée. D'une main brutale et qui pourtant ne l'éveilla pas, de nouveau elle l'écarta… Ah ! l'écarter une fois pour toutes et à jamais ! le précipiter hors du lit, dans les ténèbres.

À travers le Paris nocturne, les trompes d'autos se répondaient comme à Argelouse les chiens, les coqs, lorsque la lune luit. Aucune fraîcheur ne montait de la rue. Thérèse alluma une lampe et, le coude sur l'oreiller, regarda cet homme immobile à côté d'elle, – cet homme dans sa vingt-septième année : il avait repoussé les couvertures ; sa respiration ne s'entendait même pas ; ses cheveux ébouriffés recouvraient son front pur encore, sa tempe sans ride. Il dormait, Adam[1] désarmé et nu, d'un sommeil profond et comme éternel. La femme ayant rejeté sur ce corps la couverture se leva, chercha une des lettres dont elle avait interrompu la lecture, s'approcha de la lampe :

... S'il me disait de le suivre, je quitterais tout sans tourner la tête. Nous nous arrêtons au bord, à l'extrême bord de la dernière caresse, mais par sa volonté, non par ma résistance ; – ou plutôt c'est lui qui me résiste, et moi qui souhaiterais d'atteindre ces extrémités inconnues dont il me répète que la seule approche dépasse toutes les joies ; à l'entendre, il faut toujours demeurer en deçà ; il est fier de freiner sur des pentes où il dit qu'une fois engagés, les autres glissent irrésistiblement...

Thérèse ouvrit la croisée[2], déchira les lettres en menus morceaux, penchée sur le gouffre de pierre qu'un seul tombereau[3], à cette heure avant l'aube, faisait retentir. Les fragments de papier tourbillonnaient, se posaient sur les balcons des étages inférieurs. L'odeur végétale que respirait la jeune femme, quelle campagne l'envoyait jusqu'à ce désert de bitume ? Elle imaginait la tache de son corps en bouillie sur la chaussée, – et à l'entour ce remous d'agents, de rôdeurs... Trop d'imagination pour te tuer, Thérèse. Au vrai, elle ne souhaitait

1. Allusion à Adam et Ève nus dans le jardin du Paradis, encore innocents avant leur chute.

2. Fenêtre.

3. Voiture de chantier.

pas de mourir ; un travail urgent l'appelait, non de vengeance, ni de haine : mais cette petite idiote, là-bas, à Saint-Clair, qui croyait le bonheur possible, il fallait qu'elle sût, comme Thérèse, que le bonheur n'existe pas. Si elles ne possèdent rien d'autre en commun, qu'elles aient au moins cela : l'ennui, l'absence de toute tâche haute, de tout devoir supérieur, l'impossibilité de rien attendre que les basses habitudes quotidiennes, – un isolement sans consolations. L'aube éclairait les toits ; elle rejoignit sur sa couche l'homme immobile ; mais dès qu'elle fut étendue près de lui, déjà il se rapprochait.

Elle se réveilla lucide, raisonnable. Qu'allait-elle chercher si loin ? Sa famille l'appelait au secours, elle agirait selon ce qu'exigeait sa famille ; ainsi serait-elle sûre de ne point dévier. Thérèse approuvait Bernard lorsqu'il répétait que si Anne manquait le mariage Deguilhem, ce serait un désastre. Les Deguilhem ne sont pas de leur monde : le grand-père était berger… Oui, mais ils ont les plus beaux pins du pays ; et Anne, après tout, n'est pas si riche : rien à attendre du côté de son père que des vignes dans le palus[1], près de Langon, – inondées une année sur deux. Il ne fallait à aucun prix qu'Anne manquât le mariage Deguilhem. L'odeur du chocolat dans la chambre écœurait Thérèse ; ce léger malaise confirmait d'autres signes : enceinte, déjà. « Il vaut mieux l'avoir tout de suite, dit Bernard, après, on n'aura plus à y penser. » Et il contemplait avec respect la femme qui portait dans ses flancs le maître unique de pins sans nombre.

1. Marais.

V

Saint-Clair, bientôt ! Saint-Clair… Thérèse mesure de l'œil le chemin qu'a parcouru sa pensée. Obtiendra-t-elle que Bernard la suive jusque-là ? Elle n'ose espérer qu'il consente à cheminer à pas si lents sur cette route tortueuse ; pourtant rien n'est dit de l'essentiel : « Quand j'aurai atteint avec lui ce défilé[1] où me voilà, tout me restera encore à découvrir. » Elle se penche sur sa propre énigme, interroge la jeune bourgeoise mariée dont chacun louait la sagesse, lors de son établissement à Saint-Clair, ressuscite les premières semaines vécues dans la maison fraîche et sombre de ses beaux-parents. Du côté de la grand-place, les volets en sont toujours clos ; mais à gauche, une grille livre aux regards le jardin embrasé d'héliotropes, de géraniums, de pétunias. Entre le couple La Trave embusqué au fond d'un petit salon ténébreux, au rez-de-chaussée, et Anne errant dans ce jardin d'où il lui était interdit de sortir, Thérèse allait et venait, confidente, complice. Elle disait aux La Trave : « Donnez-vous les gants de

1. Au sens de gouffre.

céder un peu[1], offrez-lui de voyager avant de prendre aucune décision : j'obtiendrai qu'elle vous obéisse sur ce point ; pendant votre absence, j'agirai. » Comment ? Les La Trave entrevoyaient qu'elle lierait connaissance avec le jeune Azévédo : « Vous ne pouvez rien attendre d'une attaque directe, ma mère[2]. » À en croire Mme de la Trave, rien n'avait transpiré encore, Dieu merci. La receveuse, Mlle Monod, était seule dans la confidence ; elle avait arrêté plusieurs lettres d'Anne : « Mais cette fille, c'est un tombeau[3]. D'ailleurs, nous la tenons... elle ne jasera pas. »

« Tâchons de la faire souffrir le moins possible... » répétait Hector de la Trave ; mais lui, qui naguère cédait aux plus absurdes caprices d'Anne, ne pouvait qu'approuver sa femme, disant : « On ne fait pas d'omelette sans casser les œufs[4]... » et encore : « Elle nous remerciera un jour. » Oui, mais d'ici là, ne tomberait-elle pas malade ? Les deux époux se taisaient, l'œil vague ; sans doute suivaient-ils en esprit, dans le grand soleil, leur enfant consumée, à qui faisait horreur toute nourriture : elle écrase des fleurs qu'elle ne voit pas, longe les grilles à pas de biche, cherchant une issue... Mme de la Trave secouait la tête : « Je ne peux pourtant pas boire son jus de viande à sa place, n'est-ce pas ? Elle se gave de fruits

1. Ayez le tact et l'intelligence de céder un peu pour lui faire accepter vos décisions.

2. Désigne ici sa belle-mère.

3. Métaphore pour signifier qu'elle ne parlera pas.

4. Expression pour dire que toute chose entraîne des conséquences.

au jardin, afin de pouvoir laisser pendant le repas son assiette vide. » Et Hector de la Trave : « Elle nous reprocherait plus tard d'avoir donné notre consentement… Et quand ce ne serait qu'à cause des malheureux qu'elle mettrait au monde… » Sa femme lui en voulait de ce qu'il avait l'air de chercher des excuses : « Heureusement que les Deguilhem ne sont pas rentrés. Nous avons la chance qu'ils tiennent à ce mariage comme à la prunelle de leurs yeux[1]… » Ils attendaient que Thérèse eût quitté la salle, pour se demander l'un à l'autre : « Mais qu'est-ce qu'on lui a fourré dans la tête au couvent ? Ici, elle n'a eu que de bons exemples ; nous avons surveillé ses lectures… Thérèse dit qu'il n'y a rien de pire, pour tourner la tête aux jeunes filles, que les romans d'amour de l'"Œuvre des bons livres[2]"… mais elle est tellement paradoxale… D'ailleurs Anne, Dieu merci, n'a pas la manie de lire ; je n'ai jamais eu d'observations à lui faire sur ce point. En cela, elle est bien une femme de la famille. Au fond, si nous pouvions arriver à la changer d'air… Tu te rappelles comme Salies lui avait fait du bien après cette rougeole compliquée de bronchite ? Nous irons où elle voudra, je ne peux pas mieux dire. Voilà une enfant bien à plaindre, en vérité. » M. de la Trave soupirait à mi-voix : « Oh ! un voyage avec nous…

— Rien ! rien ! » répondait-il à sa femme qui, un peu sourde, l'interrogeait : « Qu'est-ce que tu

1. Énormément.
2. Maison d'édition de livres « bien-pensants ».

as dit ? » Du fond de cette fortune où il avait fait son trou, quel voyage d'amour se rappelait ce vieil homme, soudain, quelles heures bénies de sa jeunesse amoureuse ?

Au jardin, Thérèse avait rejoint la jeune fille dont les robes de l'année dernière étaient devenues trop larges : « Eh bien ? » criait Anne dès qu'approchait son amie. Cendre des allées, prairies sèches et crissantes, odeur des géraniums grillés, et cette jeune fille plus consumée, dans l'après-midi d'août, qu'aucune plante, il n'est rien que Thérèse ne retrouve dans son cœur. Quelquefois des averses orageuses les obligeaient à s'abriter dans la serre ; les grêlons faisaient retentir les vitres.

« Qu'est-ce que cela te fait de partir, puisque tu ne le vois pas ?

— Je ne le vois pas, mais je sais qu'il respire à dix kilomètres d'ici. Quand le vent souffle de l'est, je sais qu'il entend la cloche en même temps que moi. Ça te serait-il égal que Bernard fût à Argelouse ou à Paris ? Je ne vois pas Jean, mais je sais qu'il n'est pas loin. Le dimanche, à la messe, je n'essaie même pas de tourner la tête, puisque de nos places, l'autel seul est visible, et qu'un pilier nous isole de l'assistance. Mais à la sortie…

— Il n'y était pas dimanche ? »

Thérèse le savait, elle savait qu'Anne, entraînée par sa mère avait en vain cherché dans la foule un visage absent.

« Peut-être était-il malade… On arrête ses lettres ; je ne peux rien savoir.

— C'est tout de même étrange qu'il ne trouve pas le moyen de faire passer un mot.

— Si tu voulais, Thérèse... Oui, je sais bien que ta position est délicate...

— Consens à ce voyage, et pendant ton absence, peut-être...

— Je ne peux pas m'éloigner de lui.

— De toute façon il s'en ira, ma chérie. Dans quelques semaines il quittera Argelouse.

— Ah ! tais-toi. C'est une pensée insoutenable. Et pas un mot de lui pour m'aider à vivre. J'en meurs déjà : il faut qu'à chaque instant je me rappelle ses paroles qui m'avaient donné le plus de joie ; mais à force de me les répéter, je n'arrive plus à être bien sûre qu'il les ait dites en effet ; tiens, celle-ci, à notre dernière entrevue, je crois l'entendre encore : "Il n'y a personne dans ma vie que vous..." Il a dit ça, à moins que ce soit : "Vous êtes ce que j'ai de plus cher dans ma vie..." Je ne peux me rappeler exactement. » Les sourcils froncés, elle cherchait l'écho de la parole consolatrice dont elle élargissait le sens à l'infini.

« Enfin, comment est-il, ce garçon ?

— Tu ne peux pas imaginer.

— Il ressemble si peu aux autres ?

— Je voudrais te le peindre... mais il est tellement au-delà de ce que je saurais dire... Après tout, peut-être le jugerais-tu très ordinaire... Mais je suis bien sûre que non. »

Elle ne distinguait plus rien de particulier dans le jeune homme éblouissant de tout l'amour qu'elle lui portait. « Moi, songeait Thérèse, la passion me rendrait plus lucide ; rien ne m'échapperait de l'être dont j'aurais envie. »

« Thérèse, si je me résignais à ce voyage, tu le verrais, tu me rapporterais ses paroles ? Tu lui ferais passer mes lettres ? Si je pars, si j'ai le courage de partir… »

Thérèse quittait le royaume de la lumière et pénétrait de nouveau, comme une guêpe sombre, dans le bureau où les parents attendaient que la chaleur fût tombée et que leur fille fût réduite. Il fallut beaucoup de ces allées et venues pour décider enfin Anne au départ. Et sans doute Thérèse n'y fût-elle jamais parvenue sans le retour imminent[1] des Deguilhem. Anne tremblait devant ce nouveau péril. Thérèse lui répétait que pour un garçon si riche « il n'était pas mal, ce Deguilhem ».

« Mais Thérèse, je l'ai à peine regardé : il a des lorgnons, il est chauve, c'est un vieux.

— Il a vingt-neuf ans…

— C'est ce que je dis : c'est un vieux ; – et puis, vieux ou pas vieux… »

Au repas du soir, les La Trave parlaient de Biarritz, s'inquiétaient d'un hôtel. Thérèse observait Anne, ce corps immobile et sans âme. « Force-toi un peu… on se force », répétait Mme de la Trave. D'un geste d'automate, Anne approchait la cuiller de sa bouche. Aucune lumière dans les yeux. Rien ni personne

1. Prévu à très court terme.

pour elle n'existait, hors cet absent. Un sourire parfois errait sur ses lèvres, au souvenir d'une parole entendue, d'une caresse reçue, à l'époque où dans une cabane de brandes, la main trop forte de Jean Azévédo déchirait un peu sa blouse. Thérèse regardait le buste de Bernard penché sur l'assiette : comme il était assis à contre-jour, elle ne voyait pas sa face ; mais elle entendait cette lente mastication, cette rumination de la nourriture sacrée. Elle quittait la table. Sa belle-mère disait : « Elle aime mieux qu'on ne s'en aperçoive pas. Je voudrais la dorloter, mais elle n'aime pas à être soignée. Ses malaises, c'est le moins qu'on puisse avoir dans son état. Mais elle a beau dire : elle fume trop. » Et la dame rappelait des souvenirs de grossesse : « Je me rappelle que quand je t'attendais, je devais respirer une balle de caoutchouc : il n'y avait que ça pour me remettre l'estomac en place. »

« Thérèse, où es-tu ?

— Ici, sur le banc.

— Ah ! oui : je vois ta cigarette. »

Anne s'asseyait, appuyait sa tête contre une épaule immobile, regardait le ciel, disait : « Il voit ces étoiles, il entend l'angélus[1]... » Elle disait encore : « Embrasse-moi, Thérèse. » Mais Thérèse ne se penchait pas vers cette tête confiante. Elle demandait seulement :

« Tu souffres ?

---

1. Cloches de l'église sonnant une messe célébrée l'après-midi.

— Non, ce soir, je ne souffre pas : j'ai compris que, d'une façon ou de l'autre, je le rejoindrai. Je suis tranquille maintenant. L'essentiel est qu'il le sache ; et il va le savoir par toi : je suis décidée à ce voyage. Mais au retour, je passerai à travers les murailles ; tôt ou tard, je m'abattrai contre son cœur ; de cela je suis sûre comme de ma propre vie. Non, Thérèse, non : toi, du moins, ne me fais pas de morale, ne me parle pas de la famille…

— Je ne songe pas à la famille, chérie, mais à lui : on ne tombe pas ainsi dans la vie d'un homme : il a sa famille lui aussi, ses intérêts, son travail, une liaison peut-être…

— Non, il m'a dit : "Je n'ai que vous dans ma vie…" et une autre fois : "Notre amour est la seule chose à quoi je tienne en ce moment…"

— En ce moment ?

— Qu'est-ce que tu crois ? Tu crois qu'il ne parlait que de la minute présente ? »

Thérèse n'avait plus besoin de lui demander si elle souffrait : elle l'entendait souffrir dans l'ombre ; mais sans aucune pitié. Pourquoi aurait-elle eu pitié ? Qu'il doit être doux de répéter un nom, un prénom qui désigne un certain être auquel on est lié par le cœur étroitement ! La seule pensée qu'il est vivant, qu'il respire, qu'il s'endort, le soir, la tête sur son bras replié, qu'il s'éveille à l'aube, que son jeune corps déplace la brume…

« Tu pleures, Thérèse ? C'est à cause de moi que tu pleures ? Tu m'aimes, toi. »

La petite s'était mise à genoux, avait appuyé sa tête contre le flanc de Thérèse et, soudain, s'était redressée : « J'ai senti sous mon front je ne sais quoi qui remue…

— Oui, depuis quelques jours, il bouge.

— Le petit ?

— Oui : il est vivant déjà. »

Elles étaient revenues vers la maison, enlacées comme naguère sur la route du Nizan, sur la route d'Argelouse. Thérèse se souvient qu'elle avait peur de ce fardeau tressaillant[1] ; que de passions, au plus profond de son être, devaient pénétrer cette chair informe encore ! Elle se revoit, ce soir-là, assise dans sa chambre, devant la fenêtre ouverte (Bernard lui avait crié depuis le jardin : « N'allume pas à cause des moustiques »). Elle avait compté les mois jusqu'à cette naissance ; elle aurait voulu connaître un Dieu pour obtenir de lui que cette créature inconnue, toute mêlée encore à ses entrailles, ne se manifestât jamais.

---

1. C'est-à-dire son bébé en gestation.

VI

L'étrange est que Thérèse ne se souvient des jours qui suivirent le départ d'Anne et des La Trave que comme d'une époque de torpeur[1]. À Argelouse, où il avait été entendu qu'elle trouverait le joint pour agir sur cet Azévédo et pour lui faire lâcher prise, elle ne songeait qu'au repos, au sommeil. Bernard avait consenti à ne pas habiter sa maison, mais celle de Thérèse, plus confortable et où la tante Clara leur épargnait tous les ennuis du ménage. Qu'importaient à Thérèse les autres ? Qu'ils s'arrangent seuls. Rien ne lui plaisait que cette hébétude[2] jusqu'à ce qu'elle fût délivrée. Bernard l'irritait, chaque matin, en lui rappelant sa promesse d'aborder Jean Azévédo. Mais Thérèse le rabrouait[3] : elle commençait de le supporter moins aisément. Il se peut que son état de grossesse, comme le croyait Bernard, ne fût pas étranger à cette humeur. Lui-même subissait alors les premières atteintes d'une obsession si commune aux gens de sa

1. État de quelqu'un dont l'activité physique et psychique est réduite, comme au ralenti. Engourdissement, somnolence.
2. Stupeur.
3. Le réprimandait, le remettait à sa place.

race, bien qu'il soit rare qu'elle se manifeste avant la trentième année : cette peur de la mort d'abord étonnait chez un garçon bâti à chaux et à sable[1]. Mais que lui répondre quand il protestait : « Vous ne savez pas ce que j'éprouve ?… » Ces corps de gros mangeurs, issus d'une race oisive[2] et trop nourrie, n'ont que l'aspect de la puissance. Un pin planté dans la terre engraissée d'un champ bénéficie d'une croissance rapide ; mais très tôt le cœur de l'arbre pourrit et, dans sa pleine force, il faut l'abattre. « C'est nerveux », répétait-on à Bernard ; mais lui sentait bien cette paille à même le métal, – cette fêlure. Et puis, c'était inimaginable : il ne mangeait plus, il n'avait plus faim. « Pourquoi ne vas-tu pas consulter ? » Il haussait les épaules, affectait le détachement ; au vrai, l'incertitude lui paraissait moins redoutable qu'un verdict de mort, peut-être. La nuit, un râle parfois réveillait Thérèse en sursaut : la main de Bernard prenait sa main et il l'appuyait contre son sein gauche pour qu'elle se rendît compte des intermittences. Elle allumait la bougie, se levait, versait du valérianate[3] dans un verre d'eau. Quel hasard, songeait-elle, que cette mixture fût bienfaisante ! Pourquoi pas mortelle ? Rien ne calme, rien n'endort vraiment, si ce n'est pour l'éternité. Cet homme geignard, pourquoi donc avait-il si peur de ce qui sans retour l'apaiserait ? Il s'endormait avant elle. Comment attendre le sommeil auprès de ce grand

1. Un garçon solide, comme un bâtiment.
2. Qui ne travaille pas.
3. Plante possédant des propriétés sédatives, c'est-à-dire qui endorment.

corps dont les ronflements parfois tournaient à l'angoisse ? Dieu merci, il ne l'approchait plus, – l'amour lui paraissant, de tous les exercices, le plus dangereux pour son cœur. Les coqs de l'aube éveillaient les métairies. L'angélus de Saint-Clair tintait dans le vent d'est ; les yeux de Thérèse enfin se fermaient. Alors s'agitait de nouveau le corps de l'homme : il s'habillait vite, en paysan (à peine trempait-il sa tête dans l'eau froide). Il filait comme un chien à la cuisine, friand des restes du garde-manger ; déjeunait sur le pouce d'une carcasse, d'une tranche de confit froid, ou encore d'une grappe de raisins et d'une croûte frottée d'ail ; son seul bon repas de la journée ! Il jetait des morceaux à Flambeau et à Diane[1] dont claquaient les mâchoires. Le brouillard avait l'odeur de l'automne. C'était l'heure où Bernard ne souffrait plus, où il sentait de nouveau en lui sa jeunesse toute-puissante. Bientôt passeraient les palombes : il fallait s'occuper des appeaux[2], leur crever les yeux. À onze heures, il retrouvait Thérèse encore couchée.

« Eh bien ? Et le fils Azévédo ? Tu sais que mère attend des nouvelles à Biarritz, poste restante ?

— Et ton cœur ?

— Ne me parle pas de mon cœur. Il suffit que tu m'en parles pour que je le sente de nouveau. Évidemment, ça prouve que c'est nerveux… Tu crois aussi que c'est nerveux ? »

Elle ne lui donnait jamais la réponse qu'il désirait :

1. Nom de ses chiens.
2. Oiseaux qui servent à attirer les autres dans les filets.

« On ne sait jamais ; toi seul connais ce que tu éprouves. Ce n'est pas une raison parce que ton père est mort d'une angine de poitrine… surtout à ton âge… Évidemment le cœur est la partie faible des Desqueyroux. Que tu es drôle, Bernard, avec ta peur de la mort ! N'éprouves-tu jamais, comme moi, le sentiment profond de ton inutilité ? Non ? Ne penses-tu pas que la vie des gens de notre espèce ressemble déjà terriblement à la mort ? »

Il haussait les épaules : elle l'assommait avec ses paradoxes. Ce n'est pas malin d'avoir de l'esprit : on n'a qu'à prendre en tout le contre-pied[1] de ce qui est raisonnable. Mais elle avait tort, ajoutait-il, de se mettre en dépense avec lui : mieux valait se réserver pour son entrevue avec le fils Azévédo.

« Tu sais qu'il doit quitter Vilméja vers la mi-octobre ? »

À Villandraut, la station qui précède Saint-Clair, Thérèse songe : « Comment persuader Bernard que je n'ai pas aimé ce garçon ? Il va croire sûrement que je l'ai adoré. Comme tous les êtres à qui l'amour est profondément inconnu, il s'imagine qu'un crime comme celui dont on m'accuse ne peut être que passionnel. » Il faudrait que Bernard comprît qu'à cette époque, elle était très éloignée de le haïr, bien qu'il lui parût souvent importun ; mais elle n'imaginait pas qu'un autre homme lui pût être de quelque secours. Bernard, tout compte fait, n'était pas si mal. Elle

1. Dire l'inverse.

exécrait dans les romans la peinture d'êtres extraordinaires et tels qu'on n'en rencontre jamais dans la vie.

Le seul homme supérieur qu'elle crût connaître, c'était son père. Elle s'efforçait de prêter quelque grandeur à ce radical entêté, méfiant, qui jouait sur plusieurs tableaux : propriétaire industriel (outre une scierie à B., il traitait lui-même sa résine et celle de son nombreux parentage[1] dans une usine à Saint-Clair). Politicien surtout à qui ses manières cassantes avaient fait du tort, mais très écouté à la préfecture. Et quel mépris des femmes ! même de Thérèse à l'époque où chacun louait son intelligence. Et depuis le drame : « Toutes des hystériques quand elles ne sont pas idiotes ! » répétait-il à l'avocat. Cet anticlérical se montrait volontiers pudibond[2]. Bien qu'il fredonnât parfois un refrain de Béranger, il ne pouvait souffrir qu'on touchât devant lui à certains sujets, devenait pourpre comme un adolescent. Bernard tenait de M. de la Trave que M. Larroque s'était marié vierge : « Depuis qu'il est veuf, ces messieurs m'ont souvent répété qu'on ne lui connaît pas de maîtresse. C'est un type, ton père ! » Oui, c'était un type. Mais si de loin, elle se faisait de lui une image embellie, Thérèse, dès qu'il était là, mesurait sa bassesse. Il venait peu à Saint-Clair, plus souvent à Argelouse, car il n'aimait pas à rencontrer les La Trave. En leur présence, et bien qu'il fût interdit de parler politique, dès le potage

1. De la famille plus ou moins éloignée.
2. Qui pousse à l'excès la pudeur, facilement écœuré par les choses de la chair.

naissait le débat imbécile qui tournait vite à l'aigre. Thérèse aurait eu honte de s'en mêler : elle mettait son orgueil à ne pas ouvrir la bouche, sauf si l'on touchait à la question religieuse. Alors elle se précipitait au secours de M. Larroque. Chacun criait, au point que la tante Clara elle-même percevait des bribes de phrases, se jetait dans la mêlée, et avec sa voix affreuse de sourde donnait libre cours à sa passion de vieille radicale « qui sait ce qui se passe dans les couvents » ; au fond (songeait Thérèse), plus croyante qu'aucun La Trave, mais en guerre ouverte contre l'Être infini qui avait permis qu'elle fût sourde et laide, qu'elle mourût sans avoir jamais été aimée ni possédée. Depuis le jour où Mme de la Trave avait quitté la table, on évita d'un commun accord la métaphysique[1]. La politique, d'ailleurs, suffisait à mettre hors des gonds ces personnes qui, de droite ou de gauche, n'en demeuraient pas moins d'accord sur ce principe essentiel : la propriété est l'unique bien de ce monde, et rien ne vaut de vivre que de posséder la terre. Mais faut-il faire ou non la part du feu[2] ? Et si l'on s'y résigne, dans quelle mesure ? Thérèse « qui avait la propriété dans le sang » eût voulu qu'avec ce cynisme[3] la question fût posée, mais elle haïssait les faux-semblants dont les Larroque et les La Trave masquaient leur commune passion.

---

1. Sous-entendu : les questions religieuses ou philosophiques.
2. Expression qui vient des tranchées faites dans les forêts pour empêcher que l'incendie se propage, et qui signifie au sens figuré abandonner quelque chose pour sauver le reste.
3. Contraire aux conventions sociales, à l'ordre moral couramment admis.

Quand son père proclamait « un dévouement indéfectible à la démocratie », elle l'interrompait : « Ce n'est pas la peine, nous sommes seuls. » Elle disait que le sublime en politique lui donnait la nausée ; le tragique du conflit des classes lui échappait dans un pays où le plus pauvre est propriétaire, n'aspire qu'à l'être davantage ; où le goût commun de la terre, de la chasse, du manger et du boire, crée entre tous, bourgeois et paysans, une fraternité étroite. Mais Bernard avait, en outre, de l'instruction ; on disait de lui qu'il était sorti de son trou[1] ; Thérèse elle-même se félicitait de ce qu'il était un homme avec lequel on peut causer : « En somme, très supérieur à son milieu… » Ainsi le jugea-t-elle jusqu'au jour de sa rencontre avec Jean Azévédo.

C'était l'époque où la fraîcheur de la nuit demeure toute la matinée ; et dès la collation, aussi chaud qu'ait été le soleil, un peu de brume annonce de loin le crépuscule. Les premières palombes passaient, et Bernard ne rentrait guère que le soir. Ce jour-là pourtant, après une mauvaise nuit, il était allé d'une traite à Bordeaux, pour se faire examiner.

« Je ne désirais rien alors, songe Thérèse, j'allais, une heure, sur la route, parce qu'une femme enceinte doit marcher un peu. J'évitais les bois où, à cause des palombières, il faut s'arrêter à chaque instant, siffler, attendre que le chasseur, d'un cri, vous autorise à repartir ; mais parfois un long sifflement répond au vôtre : un vol s'est abattu dans les chênes ; il faut se

---

1. Il en sait plus que les provinciaux jamais sortis de leur village.

tapir pour ne pas l'effaroucher. Puis je rentrais ; je somnolais devant le feu du salon ou de la cuisine, servie en tout par tante Clara. Pas plus qu'un dieu ne regarde sa servante, je ne prêtais d'attention à cette vieille fille toujours nasillant des histoires de cuisine et de métairie ; elle parlait, elle parlait afin de n'avoir pas à essayer d'entendre : presque toujours des anecdotes sinistres touchant les métayers qu'elle soignait, qu'elle veillait avec un dévouement lucide : vieillards réduits à mourir de faim, condamnés au travail jusqu'à la mort, infirmes abandonnés, femmes asservies à d'exténuantes besognes. Avec une sorte d'allégresse[1], tante Clara citait dans un patois innocent leurs mots les plus atroces. Au vrai, elle n'aimait que moi qui ne la voyais même pas se mettre à genoux, délacer mes souliers, enlever mes bas, réchauffer mes pieds dans ses vieilles mains.

« Balion venait aux ordres lorsqu'il devait se rendre, le lendemain, à Saint-Clair. Tante Clara dressait la liste des commissions, réunissait les ordonnances pour les malades d'Argelouse : "Vous irez en premier lieu à la pharmacie ; Darquey n'aura pas trop de la journée pour préparer les drogues[2]..."

« Ma première rencontre avec Jean... Il faut que je me rappelle chaque circonstance : j'avais choisi d'aller à cette palombière abandonnée où je goûtais naguère auprès d'Anne et où je savais que, depuis, elle avait aimé rejoindre cet Azévédo. Non, ce n'était point, dans mon

1. Joie.
2. Médicaments.

esprit, un pèlerinage. Mais les pins, de ce côté, ont trop grandi pour qu'on y puisse guetter les palombes : je ne risquais pas de déranger les chasseurs. Cette palombière ne pouvait plus servir car la forêt, alentour, cachait l'horizon ; les cimes écartées ne ménageaient plus ces larges avenues de ciel où le guetteur voit surgir les vols. Rappelle-toi : ce soleil d'octobre brûlait encore ; je peinais sur ce chemin de sable ; les mouches me harcelaient. Que mon ventre était lourd ! J'aspirais à m'asseoir sur le banc pourri de la palombière. Comme j'en ouvrais la porte, un jeune homme sortit, tête nue ; je reconnus, au premier regard, Jean Azévédo, et d'abord imaginai que je troublais un rendez-vous, tant son visage montrait de confusion. Mais je voulus en vain prendre le large ; c'était étrange qu'il ne songeât qu'à me retenir : "Mais non, entrez, madame, je vous jure que vous ne me dérangez pas du tout."

« Je fus étonnée qu'il n'y eût personne dans la cabane où je pénétrai, sur ses instances. Peut-être la bergère avait-elle fui par une autre issue ? Mais aucune branche n'avait craqué. Lui aussi m'avait reconnue, et d'abord le nom d'Anne de la Trave lui vint aux lèvres. J'étais assise ; lui, debout, comme sur la photographie. Je regardais, à travers la chemise de tussor[1], l'endroit où j'avais enfoncé l'épingle : curiosité dépouillée de toute passion. Était-il beau ? Un front construit, – les yeux veloutés de sa race, – de trop grosses joues ; et puis ce qui me dégoûte dans les garçons de cet âge : des boutons, les signes du sang en

1. Tissu en soie.

mouvement ; tout ce qui suppure ; surtout ces paumes moites qu'il essuyait avec un mouchoir, avant de vous serrer la main. Mais son beau regard brûlait ; j'aimais cette grande bouche toujours un peu ouverte sur des dents aiguës : gueule d'un jeune chien qui a chaud. Et moi, comment étais-je ? Très famille, je me souviens. Déjà je le prenais de haut, l'accusais, sur un ton solennel, "de porter le trouble et la division dans un intérieur honorable". Ah ! rappelle-toi sa stupéfaction non jouée, ce juvénile éclat de rire : "Alors, vous croyez que je veux l'épouser ? Vous croyez que je brigue[1] cet honneur ?" Je mesurai d'un coup d'œil, avec stupeur, cet abîme entre la passion d'Anne et l'indifférence du garçon. Il se défendait avec feu : certes, comment ne pas céder au charme d'une enfant délicieuse ? Il n'est point défendu de jouer ; et justement parce qu'il ne pouvait même être question de mariage entre eux, le jeu lui avait paru anodin. Sans doute avait-il feint de partager les intentions d'Anne… et comme, juchée sur mes grands chevaux, je l'interrompais, il repartit avec véhémence[2] qu'Anne elle-même pouvait lui rendre ce témoignage qu'il avait su ne pas aller trop loin ; que, pour le reste, il ne doutait point que Mlle de la Trave lui dût les seules heures de vraie passion qu'il lui serait sans doute donné de connaître durant sa morne existence. "Vous me dites qu'elle souffre, madame ; mais croyez-vous qu'elle ait rien de meilleur à attendre de sa destinée que cette souffrance ? Je vous connais de

1. Recherche ardemment.
2. Emportement passionné.

réputation ; je sais qu'on peut vous dire ces choses et que vous ne ressemblez pas aux gens d'ici. Avant qu'elle ne s'embarque pour la plus lugubre traversée à bord d'une vieille maison de Saint-Clair, j'ai pourvu Anne d'un capital de sensations, de rêves, – de quoi la sauver peut-être du désespoir et, en tout cas, de l'abrutissement." Je ne me souviens plus si je fus crispée par cet excès de prétention, d'affectation, ou si même j'y fus sensible. Au vrai, son débit était si rapide que d'abord je ne le suivais pas ; mais bientôt mon esprit s'accoutuma à cette volubilité[1] : "Me croire capable, moi, de souhaiter un tel mariage ; de jeter l'ancre dans ce sable ; ou de me charger à Paris d'une petite fille ? Je garderai d'Anne une image adorable, certes ; et au moment où vous m'avez surpris, je pensais à elle justement… Mais comment peut-on se fixer, madame ? Chaque minute doit apporter sa joie, – une joie différente de toutes celles qui l'ont précédée."

« Cette avidité d'un jeune animal, cette intelligence dans un seul être, cela me paraissait si étrange que je l'écoutais sans l'interrompre. Oui, décidément, j'étais éblouie : à peu de frais, grand Dieu ! Mais je l'étais. Je me rappelle ce piétinement, ces cloches, ces cris sauvages de bergers qui annonçaient de loin l'approche d'un troupeau. Je dis au garçon que peut-être cela paraîtrait drôle que nous fussions ensemble dans cette cabane ; j'aurais voulu qu'il répondît que mieux valait ne faire aucun bruit jusqu'à ce que fût passé le troupeau ; je me serais réjouie de ce silence côte à côte, de

1. Paroles abondantes et fluides.

cette complicité (déjà je devenais, moi aussi, exigeante, et souhaitais que chaque minute m'apportât de quoi vivre). Mais Jean Azévédo ouvrit sans protester la porte de la palombière et, cérémonieusement, s'effaça. Il ne me suivit jusqu'à Argelouse qu'après s'être assuré que je n'y voyais point d'obstacle. Ce retour, qu'il me parut rapide, bien que mon compagnon ait trouvé le temps de toucher à mille sujets ! Il rajeunissait étrangement ceux que je croyais un peu connaître : par exemple, sur la question religieuse, comme je reprenais ce que j'avais accoutumé de dire en famille, il m'interrompait : "Oui, sans doute… mais c'est plus compliqué que cela…" En effet, il projetait dans le débat des clartés qui me paraissaient admirables… Étaient-elles en somme si admirables ?… Je crois bien que je vomirais aujourd'hui ce ragoût[1] : il disait qu'il avait longtemps cru que rien n'importait hors la recherche, la poursuite de Dieu : "S'embarquer, prendre la mer, fuir comme la mort ceux qui se persuadent d'avoir trouvé, s'immobilisent, bâtissent des abris pour y dormir ; longtemps je les ai méprisés…"

« Il me demanda si j'avais lu *La Vie du père de Foucauld* par René Bazin ; et comme j'affectais de rire, il m'assura que ce livre l'avait bouleversé : "Vivre dangereusement, au sens profond, ajouta-t-il, ce n'est peut-être pas tant de chercher Dieu que de le trouver et l'ayant découvert, que de demeurer dans son

---

1. Au sens propre plat de viandes, mais ici il faut le comprendre avec mépris : stéréotypes en usage dans l'élite parisienne de l'époque.

orbite." Il me décrivit "la grande aventure des mystiques[1]", se plaignit de son tempérament qui lui interdisait de la tenter, "mais aussi loin qu'allait son souvenir, il ne se rappelait pas avoir été pur". Tant d'impudeur, cette facilité à se livrer, que cela me changeait de la discrétion provinciale, du silence que, chez nous, chacun garde sur sa vie intérieure ! Les ragots de Saint-Clair ne touchent qu'aux apparences : les cœurs ne se découvrent jamais. Que sais-je de Bernard, au fond ? N'y a-t-il pas en lui infiniment plus que cette caricature dont je me contente, lorsqu'il faut me le représenter ? Jean parlait et je demeurais muette : rien ne me venait aux lèvres que les phrases habituelles dans nos discussions de famille. De même qu'ici toutes les voitures sont "à la voie", c'est-à-dire assez larges pour que les roues correspondent exactement aux ornières des charrettes, toutes mes pensées, jusqu'à ce jour, avaient été "à la voie" de mon père, de mes beaux-parents. Jean Azévédo allait tête nue ; je revois cette chemise ouverte sur une poitrine d'enfant, son cou trop fort. Ai-je subi un charme physique ? Ah ! Dieu, non ! Mais il était le premier homme que je rencontrais et pour qui comptait, plus que tout, la vie de l'esprit. Ses maîtres, ses amis parisiens dont il me rappelait sans cesse les propos ou les livres me défendaient de le considérer ainsi qu'un phénomène : il faisait partie d'une élite nombreuse, "ceux qui existent", disait-il. Il citait des noms, n'imaginant

1. Ceux qui communiquent directement et personnellement avec Dieu.

même pas que je les pusse ignorer ; et je feignais de ne pas les entendre pour la première fois.

« Lorsqu'au détour de la route apparut le champ d'Argelouse : "Déjà !" m'écriai-je. Des fumées d'herbes brûlées traînaient au ras de cette pauvre terre qui avait donné son seigle ; par une entaille dans le talus, un troupeau coulait comme du lait sale et paraissait brouter le sable. Il fallait que Jean traversât le champ pour atteindre Vilméja. Je lui dis : "Je vous accompagne ; toutes ces questions me passionnent." Mais nous ne trouvâmes plus rien à nous dire. Les tiges coupées du seigle, à travers les sandales, me faisaient mal. J'avais le sentiment qu'il souhaitait d'être seul, sans doute pour suivre à loisir une pensée qui lui était venue. Je lui fis remarquer que nous n'avions pas parlé d'Anne ; il m'assura que nous n'étions pas libres de choisir le sujet de nos colloques, ni d'ailleurs de nos méditations : "ou alors, ajouta-t-il avec superbe[1], il faut se plier aux méthodes inventées par les mystiques... Les êtres comme nous suivent toujours des courants, obéissent à des pentes..." ainsi ramenait-il tout à ses lectures de ce moment-là. Nous prîmes rendez-vous pour arrêter, au sujet d'Anne, un plan de conduite. Il parlait distraitement et, sans répondre à une question que je lui faisais, il se baissa : d'un geste d'enfant, il me montrait un cèpe, qu'il approcha de son nez, de ses lèvres. »

1. Avec orgueil.

VII

Bernard, sur le seuil, guettait le retour de Thérèse : « Je n'ai rien ! Je n'ai rien ! cria-t-il, dès qu'il aperçut sa robe dans l'ombre. Crois-tu que bâti comme tu me vois, je suis anémique[1] ? C'est à ne pas croire et c'est pourtant vrai : il ne faut pas se fier aux apparences ; je vais suivre un traitement... le traitement Fowler[2] : c'est de l'arsenic[3] ; l'important est que je retrouve l'appétit. »

Thérèse se souvient que d'abord elle ne s'irrita pas : tout ce qui lui venait de Bernard l'atteignait moins que d'habitude (comme si le coup eût été porté de plus loin). Elle ne l'entendait pas, le corps et l'âme orientés vers un autre univers où vivent des êtres avides et qui ne souhaitent que connaître, que comprendre, – et, selon un mot qu'avait répété Jean avec un air de satisfaction profonde « devenir ce qu'ils sont ». Comme à table, elle parlait enfin de sa rencontre, Bernard lui cria : « Tu ne me le disais pas ?

1. Affaibli, sans vigueur.

2. Qui est exactement celui suivi par le mari dans l'affaire Caneby.

3. Un médicament qui peut à forte dose devenir mortel.

Quel drôle de type tu es tout de même ! Eh bien ? Qu'est-ce que vous avez décidé ? »

Elle improvisa aussitôt le plan qui devait être en effet suivi : Jean Azévédo acceptait d'écrire une lettre à Anne où il saurait en douceur lui enlever tout espoir. Bernard s'était esclaffé lorsque Thérèse lui avait soutenu que le jeune homme ne tenait pas du tout à ce mariage : un Azévédo ne pas tenir à épouser Anne de la Trave ! « Ah ! çà, tu es folle ? Tout simplement, il sait qu'il n'y a rien à faire ; ces gens-là ne se risquent pas lorsqu'ils sont sûrs de perdre. Tu es encore naïve, ma petite. »

À cause des moustiques, Bernard n'avait pas voulu que la lampe fût allumée ; ainsi ne vit-il pas le regard de Thérèse. « Il avait retrouvé appétit », comme il disait. Déjà ce médecin de Bordeaux lui avait rendu la vie.

« Ai-je souvent revu Jean Azévédo ? Il a quitté Argelouse vers la fin d'octobre… Peut-être fîmes-nous cinq ou six promenades ; je n'isole que celle où nous nous occupâmes de rédiger ensemble la lettre pour Anne. Le naïf garçon s'arrêtait à des formules qu'il croyait apaisantes, et dont je sentais, sans lui en rien dire, toute l'horreur. Mais nos dernières courses, je les confonds dans un souvenir unique. Jean Azévédo me décrivait Paris, ses camaraderies, et j'imaginais un royaume dont la loi eût été de "devenir soi-même". "Ici vous êtes condamnée au mensonge jusqu'à la mort." Prononçait-il de telles paroles avec intention ? De quoi me soupçonnait-il ? C'était impossible, à l'entendre, que je pusse supporter ce climat étouffant : “Regardez, me disait-il, cette immense et uniforme surface de gel où toutes les âmes ici sont prises ; parfois une crevasse découvre l'eau noire : quelqu'un s'est débattu, a disparu ; la croûte se reforme… car chacun, ici comme ailleurs, naît avec sa loi propre ; ici comme ailleurs, chaque destinée est particulière ; et pourtant il faut se soumettre à ce morne destin commun ; quelques-uns résistent : d'où ces drames sur lesquels les familles font silence. Comme on dit ici : ‘Il faut faire le silence…’ ”

« — Ah ! oui ! m'écriai-je. Parfois je me suis enquise de tel grand-oncle, de telle aïeule, dont les photographies ont disparu de tous les albums, et je n'ai jamais recueilli de réponse sauf, une fois, cet aveu : “Il a disparu… on l'a fait disparaître.”

« Jean Azévédo redoutait-il pour moi ce destin ? Il assurait que l'idée ne lui serait pas venue d'entretenir Anne de ces choses, parce que, en dépit de sa passion, elle était une âme toute simple, à peine rétive, et qui bientôt serait asservie : “Mais vous ! Je sens dans toutes vos paroles une faim et une soif de sincérité…” Faudra-t-il rapporter exactement ces propos à Bernard ? Folie d'espérer qu'il y puisse rien entendre ! Qu'il sache, en tout cas, que je ne me suis pas rendue sans lutte. Je me rappelle avoir opposé au garçon qu'il parait de phrases habiles le plus vil consentement à la déchéance[1]. J'eus même recours à des souvenirs de lectures morales qu'on nous faisait au lycée.

---

1. Perte des valeurs morales.

“Être soi-même ? répétai-je, mais nous ne le sommes que dans la mesure où nous nous créons.” (Inutile de développer ; mais peut-être faudra-t-il développer pour Bernard.) Azévédo niait qu'il existât une déchéance pire que celle de se renier. Il prétendait qu'il n'était pas de héros ni de saint qui n'eût fait plus d'une fois le tour de soi-même, qui n'eût d'abord atteint toutes ses limites : “Il faut se dépasser pour trouver Dieu”, répétait-il. Et encore : “S'accepter, cela oblige les meilleurs d'entre nous à s'affronter eux-mêmes, mais à visage découvert et dans un combat sans ruse. Et c'est pourquoi il arrive souvent que ces affranchis se convertissent à la religion la plus étroite.”

« Ne pas discuter avec Bernard le bien-fondé de cette morale ; – lui accorder même que ce sont là sans doute de pauvres sophismes[1] ; mais qu'il comprenne, qu'il s'efforce de comprendre jusqu'où une femme de mon espèce en pouvait être atteinte et ce que j'éprouvais, le soir, dans la salle à manger d'Argelouse : Bernard, au fond de la cuisine proche, enlevait ses bottes, racontait en patois les prises de la journée. Les palombes captives se débattaient, gonflaient le sac jeté sur la table ; Bernard mangeait lentement, tout à la joie de l'appétit reconquis, – comptait avec amour les gouttes de “Fowler” : “C'est la santé”, répétait-il. Un grand feu brûlait et, au dessert, il n'avait qu'à tourner son fauteuil, pour tendre à la flamme ses pieds chaussés de feutres. Ses yeux se fermaient sur

1. Raisonnements sans valeurs, faux.

La Petite Gironde[1]. Parfois il ronflait, mais aussi, souvent, je ne l'entendais même pas respirer. Les savates de Balionte[2] traînaient encore à la cuisine ; puis elle apportait les bougeoirs. Et c'était le silence : le silence d'Argelouse ! Les gens qui ne connaissent pas cette lande perdue ne savent pas ce qu'est le silence : il cerne la maison, comme solidifié dans cette masse épaisse de forêt où rien ne vit, hors parfois une chouette ululante (nous croyons entendre, dans la nuit, le sanglot que nous retenions).

« Ce fut surtout après le départ d'Azévédo que je l'ai connu, ce silence. Tant que je savais qu'au jour Jean de nouveau m'apparaîtrait, sa présence rendait inoffensives les ténèbres extérieures ; son sommeil proche peuplait les landes et la nuit. Dès qu'il ne fut plus à Argelouse, après cette rencontre dernière où il me donna rendez-vous dans un an, plein de l'espoir, me disait-il, qu'à cette époque je saurais me délivrer (j'ignore encore aujourd'hui s'il parlait ainsi légèrement ou avec une arrière-pensée ; j'incline à croire que ce Parisien n'en pouvait plus de silence, du silence d'Argelouse, et qu'il adorait en moi son unique auditoire), dès que je l'eus quitté, je crus pénétrer dans un tunnel indéfini, m'enfoncer dans une ombre sans cesse accrue ; et parfois je me demandais si j'atteindrais enfin l'air libre avant l'asphyxie. Jusqu'à mes couches, en janvier, rien n'arriva… »

1. Titre du journal.
2. Balion est le serviteur, Balionte sa femme.

Ici, Thérèse hésite ; s'efforce de détourner sa pensée de ce qui se passa dans la maison d'Argelouse, le surlendemain du départ de Jean : « Non, non, songe-t-elle, cela n'a rien à voir avec ce que je devrai tout à l'heure expliquer à Bernard ; je n'ai pas de temps à perdre sur des pistes qui ne mènent à rien. » Mais la pensée est rétive ; impossible de l'empêcher de courir où elle veut : Thérèse n'anéantira pas dans son souvenir ce soir d'octobre. Au premier étage, Bernard se déshabillait ; Thérèse attendait que la bûche fût tout à fait consumée pour le rejoindre, – heureuse de demeurer seule un instant : que faisait Jean Azévédo à cette heure ? Peut-être buvait-il dans ce petit bar dont il lui avait parlé ; peut-être (tant la nuit était douce) roulait-il en auto, avec un ami, dans le bois de Boulogne désert. Peut-être travaillait-il à sa table, et Paris grondait au loin ; le silence, c'était lui qui le créait, qui le conquérait sur le vacarme du monde ; il ne lui était pas imposé du dehors comme celui qui étouffait Thérèse ; ce silence était son œuvre et ne s'étendait pas plus loin que la lueur de la lampe, que les rayons chargés de livres… Ainsi songeait Thérèse ; et voici que le chien aboya, puis gémit, et une voix connue, une voix exténuée, dans le vestibule, l'apaisait : Anne de la Trave ouvrit la porte ; elle arrivait de Saint-Clair à pied, dans la nuit, – les souliers pleins de boue. Dans sa petite figure vieillie, ses yeux brillaient. Elle jeta son chapeau sur un fauteuil ; demanda : « Où est-il ? »

Thérèse et Jean, la lettre écrite et mise à la poste, avaient cru cette affaire finie, – très loin d'imaginer qu'Anne pût ne pas lâcher prise, – comme si un être cédait à des raisons, à des raisonnements lorsqu'il s'agit de sa vie même ! Elle avait pu tromper la surveillance de sa mère et monter dans un train. Sur la route ténébreuse d'Argelouse, la coulée de ciel clair entre les cimes l'avait guidée. « Le tout était de le revoir ; si elle le revoyait, il serait reconquis ; il fallait le revoir. » Elle trébuchait, se tordait les pieds dans les ornières[1], tant elle avait hâte d'atteindre Argelouse. Et maintenant Thérèse lui dit que Jean est parti, qu'il est à Paris. Anne fait non, de la tête, elle ne la croit pas ; elle a besoin de ne pas la croire pour ne pas s'effondrer de fatigue et de désespoir :

« Tu mens comme tu as toujours menti. »

Et comme Thérèse protestait, elle ajouta :

« Ah ! tu l'as bien, toi, l'esprit de famille ! Tu poses pour l'affranchie… Mais depuis ton mariage, tu es devenue d'emblée une femme de la famille… Oui, oui, c'est entendu : tu as cru bien faire ; tu me trahissais pour me sauver, hein ? Je te fais grâce de tes explications. »

Comme elle rouvrait la porte, Thérèse lui demanda où elle allait.

« À Vilméja, chez lui.

— Je te répète qu'il n'y est plus depuis deux jours.

— Je ne te crois pas. »

Elle sortit. Thérèse alors alluma la lanterne accrochée dans le vestibule et la rejoignit :

« Tu t'égares, ma petite Anne : tu suis le chemin de Biourge. Vilméja, c'est par là. »

---

1. Trous dans la chaussée.

Elles traversèrent la brume qui débordait d'une prairie. Des chiens s'éveillèrent. Voici les chênes de Vilméja, la maison non pas endormie mais morte. Anne tourne autour de ce sépulcre[1] vide, frappe à la porte des deux poings. Thérèse, immobile, a posé la lanterne dans l'herbe. Elle voit le fantôme léger de son amie se coller à chaque fenêtre du rez-de-chaussée. Sans doute Anne répète-t-elle un nom, mais sans le crier, sachant que c'est bien inutile. La maison, quelques instants, la cache ; elle reparaît, atteint encore la porte, glisse sur le seuil, les bras noués autour des genoux où sa figure se dérobe. Thérèse la relève, l'entraîne. Anne, trébuchant, répète : « Je partirai demain matin pour Paris. Paris n'est pas si grand ; je le trouverai dans Paris… » mais du ton d'une enfant à bout de résistance et qui déjà s'abandonne.

Bernard, éveillé par le bruit de leurs voix, les attendait en robe de chambre, dans le salon. Thérèse a tort de chasser le souvenir de la scène qui éclata entre le frère et la sœur. Cet homme capable de prendre rudement les poignets d'une petite fille exténuée, de la traîner jusqu'à une chambre du deuxième, d'en verrouiller la porte, c'est ton mari, Thérèse : ce Bernard qui, d'ici deux heures, sera ton juge. L'esprit de famille l'inspire, le sauve de toute hésitation. Il sait toujours, en toute circonstance, ce qu'il convient de faire dans l'intérêt de la famille. Pleine d'angoisse, tu

1. Métaphore désignant la maison comme un tombeau.

prépares un long plaidoyer ; mais seuls, les hommes sans principes peuvent céder à une raison étrangère. Bernard se moque bien de tes arguments : « Je sais ce que j'ai à faire. » Il sait toujours ce qu'il a à faire. Si parfois il hésite, il dit : « Nous en avons parlé en famille et nous avons jugé que… » ; comment peux-tu douter qu'il n'ait préparé sa sentence[1] ? Ton sort est fixé à jamais : tu ferais aussi bien de dormir.

1. Jugement.

VIII

Après que les La Trave eurent ramené Anne vaincue à Saint-Clair, Thérèse, jusqu'aux approches de sa délivrance, n'avait plus quitté Argelouse. Elle en connut vraiment le silence, durant ces nuits démesurées de novembre. Une lettre adressée à Jean Azévédo était demeurée sans réponse. Sans doute estimait-il que cette provinciale ne valait pas l'ennui d'une correspondance. D'abord, une femme enceinte, cela ne fait jamais un beau souvenir. Peut-être, à distance, jugeait-il Thérèse fade, cet imbécile que de fausses complications, des attitudes eussent retenu ! Mais que pouvait-il comprendre à cette simplicité trompeuse, à ce regard direct, à ces gestes jamais hésitants ? Au vrai, il la croyait capable, comme la petite Anne, de le prendre au mot, de quitter tout et de le suivre. Jean Azévédo se méfiait des femmes qui rendent les armes trop tôt pour que l'assaillant ait le loisir de lever le siège. Il ne redoutait rien autant que la victoire, que le fruit de la victoire. Thérèse, pourtant, s'efforçait de vivre dans l'univers de ce garçon ; mais des livres que Jean admirait, et qu'elle avait fait venir de Bordeaux, lui parurent incompréhensibles. Quel désœuvrement !

Il ne fallait pas lui demander de travailler à la layette[1] : « Ce n'était pas sa partie », répétait Mme de la Trave. Beaucoup de femmes meurent en couches[2], à la campagne. Thérèse faisait pleurer tante Clara en affirmant qu'elle finirait comme sa mère, qu'elle était sûre de n'en pas réchapper. Elle ne manquait pas d'ajouter que « ça lui était égal de mourir ». Mensonge ! Jamais elle n'avait désiré si ardemment de vivre ; jamais non plus Bernard ne lui avait montré tant de sollicitude : « Il se souciait non de moi, mais de ce que je portais dans mes flancs. En vain, de son affreux accent, rabâchait-il : "Reprends de la purée… Ne mange pas de poisson… Tu as assez marché aujourd'hui…" Je n'en étais pas plus touchée que ne l'est une nourrice étrangère que l'on étrille pour la qualité de son lait. Les La Trave vénéraient en moi un vase sacré[3] ; le réceptacle de leur progéniture ; aucun doute que, le cas échéant, ils m'eussent sacrifiée à cet embryon. Je perdais le sentiment de mon existence individuelle. Je n'étais que le sarment ; aux yeux de la famille, le fruit attaché à mes entrailles comptait seul. »

« Jusqu'à la fin de décembre, il fallut vivre dans ces ténèbres. Comme si ce n'eût pas été assez des pins innombrables, la pluie ininterrompue multipliait autour de la sombre maison ses millions de

---

1. Vêtements pour bébé.
2. Au moment où elles accouchent.
3. Son ventre est comparé au Graal qui aurait contenu le sang du Christ, ce qui signifie que son ventre est précieux maintenant qu'il porte la descendance de la famille de la Trave.

barreaux mouvants. Lorsque l'unique route de Saint-Clair menaça de devenir impraticable, je fus ramenée au bourg, dans la maison à peine moins ténébreuse que celle d'Argelouse. Les vieux platanes de la Place disputaient encore leurs feuilles au vent pluvieux. Incapable de vivre ailleurs qu'à Argelouse, tante Clara ne voulut pas s'établir à mon chevet ; mais elle faisait souvent la route, par tous les temps, dans son cabriolet "à la voie" ; elle m'apportait ces chatteries que j'avais tant aimées, petite fille, et qu'elle croyait que j'aimais encore, ces boules grises de seigle et de miel, appelées miques ; le gâteau dénommé fougasse ou roumadjade. Je ne voyais Anne qu'aux repas, et elle ne m'adressait plus la parole ; résignée, semblait-il, réduite, elle avait perdu d'un coup sa fraîcheur. Ses cheveux trop tirés découvraient de vilaines oreilles pâles. On ne prononçait pas le nom du fils Deguilhem, mais Mme de la Trave affirmait que si Anne ne disait pas oui encore, elle ne disait plus non. Ah ! Jean l'avait bien jugée : il n'avait pas fallu longtemps pour lui passer la bride[1] et pour la mettre au pas. Bernard allait moins bien parce qu'il avait recommencé de boire des apéritifs. Quelles paroles échangeaient ces êtres autour de moi ? Ils s'entretenaient beaucoup du curé, je me souviens (nous habitions en face du presbytère). On se demandait, par exemple, "pourquoi il avait traversé quatre fois la place dans la journée, et chaque fois il avait dû rentrer par un autre chemin…" »

1. La rendre soumise.

Sur quelques propos de Jean Azévédo, Thérèse prêtait plus d'attention à ce prêtre jeune encore, sans communication avec ses paroissiens qui le trouvaient fier : « Ce n'est pas le genre qu'il faut ici. » Durant ses rares visites chez les La Trave, Thérèse observait ses tempes blanches, ce haut front. Aucun ami. Comment passait-il ses soirées ? Pourquoi avait-il choisi cette vie ? « Il est très exact, disait Mme de la Trave ; il fait son adoration tous les soirs ; mais il manque d'onction[1], je ne le trouve pas ce qui s'appelle pieux. Et pour les œuvres, il laisse tout tomber. » Elle déplorait qu'il eût supprimé la fanfare du patronage ; les parents se plaignaient de ce qu'il n'accompagnait plus les enfants sur le terrain de football : « C'est très joli d'avoir toujours le nez dans ses livres, mais une paroisse est vite perdue. » Thérèse, pour l'entendre, fréquenta l'église. « Vous vous y décidez, ma petite, juste au moment où votre état vous en aurait dispensée. » Les prônes[2] du curé, touchant le dogme ou la morale, étaient impersonnels. Mais Thérèse s'intéressait à une inflexion de voix, à un geste ; un mot parfois semblait plus lourd… Ah ! lui, peut-être, aurait-il pu l'aider à débrouiller en elle ce monde confus ; différent des autres, lui aussi avait pris un parti tragique ; à sa solitude intérieure, il avait ajouté ce désert que crée la soutane[3] autour de l'homme qui la revêt. Quel réconfort puisait-il dans ces rites quotidiens ? Thérèse

1. Douceur affectée et hypocrite.
2. Sermons, paroles prononcées durant la messe selon la volonté du curé qui y exprime un point lié au contexte, au village.
3. Vêtement du prêtre (longue robe noire).

aurait voulu assister à sa messe dans la semaine, alors que, sans autre témoin que l'enfant de chœur, il murmurait des paroles, courbé sur un morceau de pain. Mais cette démarche eût paru étrange à sa famille et aux gens du bourg, on aurait crié à la conversion.

Autant que Thérèse ait souffert à cette époque, ce fut au lendemain de ses couches qu'elle commença vraiment de ne pouvoir plus supporter la vie. Rien n'en paraissait à l'extérieur ; aucune scène entre elle et Bernard ; et elle montrait plus de déférence[1] envers ses beaux-parents que ne faisait son mari lui-même. C'était là le tragique : qu'il n'y eût pas une raison de rupture ; l'événement était impossible à prévoir qui aurait empêché les choses d'aller leur train jusqu'à la mort. La mésentente suppose un terrain de rencontre où se heurter ; mais Thérèse ne rencontrait jamais Bernard, et moins encore ses beaux-parents ; leurs paroles ne l'atteignaient guère ; l'idée ne lui venait pas qu'il fût nécessaire d'y répondre. Avaient-ils seulement un vocabulaire commun ? Ils donnaient aux mots essentiels un sens différent. Si un cri sincère échappait à Thérèse, la famille avait admis, une fois pour toutes, que la jeune femme adorait les boutades[2]. « Je fais semblant de ne pas entendre, disait Mme de la Trave, et si elle insiste, de n'y pas attacher d'importance ; elle sait qu'avec nous ça ne prend pas… »

---

1. Apparent respect.
2. Plaisanteries.

Pourtant Mme de la Trave supportait mal, chez Thérèse, cette affectation de ne pouvoir souffrir que les gens fissent des cris sur sa ressemblance avec la petite Marie. Les exclamations coutumières (« Celle-là, vous ne pouvez pas la renier… ») jetaient la jeune femme dans des sentiments extrêmes qu'elle ne savait pas toujours dissimuler. « Cette enfant n'a rien de moi, insistait-elle. Voyez cette peau brune, ces yeux de jais[1]. Regardez mes photos : j'étais une petite fille blafarde. »

Elle ne voulait pas que Marie lui ressemblât. Avec cette chair détachée de la sienne, elle désirait ne plus rien posséder en commun. Le bruit commençait de courir que le sentiment maternel ne l'étouffait pas. Mais Mme de la Trave assurait qu'elle aimait sa fille à sa manière : « Bien sûr, il ne faut pas lui demander de surveiller son bain ou de changer ses couches : ce n'est pas dans ses cordes[2] ; mais je l'ai vue demeurer des soirées entières, assise auprès du berceau, se retenant de fumer pour regarder la petite dormir… D'ailleurs nous avons une bonne très sérieuse ; et puis Anne est là ; ah ! celle-là, je vous jure que ce sera une fameuse petite maman… » Depuis qu'un enfant respirait dans la maison, c'était vrai qu'Anne avait recommencé de vivre. Toujours un berceau attire les femmes ; mais Anne, plus qu'aucune autre, maniait l'enfant avec une profonde joie. Pour pénétrer plus librement chez la petite, elle avait fait la paix avec

1. Noirs, comme la pierre de jais.
2. Elle ne sait pas s'y prendre.

Thérèse, sans que rien ne subsistât de leur tendresse ancienne, hors des gestes, des appellations familières. La jeune fille redoutait surtout la jalousie maternelle de Thérèse : « La petite me connaît bien mieux que sa mère. Dès qu'elle me voit, elle rit. L'autre jour, je l'avais dans mes bras ; elle s'est mise à hurler, lorsque Thérèse a voulu la prendre. Elle me préfère, au point que j'en suis parfois gênée… »

Anne avait tort d'être gênée. Thérèse, à ce moment de sa vie, se sentait détachée de sa fille comme de tout le reste. Elle apercevait les êtres et les choses et son propre corps et son esprit même, ainsi qu'un mirage, une vapeur suspendue en dehors d'elle. Seul, dans ce néant, Bernard prenait une réalité affreuse : sa corpulence, sa voix du nez, et ce ton péremptoire, cette satisfaction. Sortir du monde… Mais comment ? et où aller ? Les premières chaleurs accablaient Thérèse. Rien ne l'avertissait de ce qu'elle était au moment de commettre. Que se passa-t-il cette année-là ? Elle ne se souvient d'aucun incident, d'aucune dispute ; elle se rappelle avoir exécré son mari plus que de coutume, le jour de la Fête-Dieu, alors qu'entre les volets mi-clos elle guettait la procession[1]. Bernard était presque le seul homme derrière le dais[2]. Le village, en quelques instants, était devenu désert, comme si c'eût été un lion, et non un agneau, qu'on avait lâché

1. Défilé religieux le jour d'une fête où l'on transporte par exemple la statue de la Vierge ou du saint du village.

2. Sorte de structure en bois doré pour poser la statue qui est protégée par un toit en tissu et qui sert dans les processions.

dans les rues… Les gens se terraient pour n'être pas obligés de se découvrir ou de se mettre à genoux. Une fois le péril passé[1], les portes se rouvraient une à une. Thérèse dévisagea le curé, qui avançait les yeux presque fermés, portant des deux mains cette chose étrange. Ses lèvres remuaient : à qui parlait-il avec cet air de douleur ? Et tout de suite, derrière lui, Bernard « qui accomplissait son devoir ».

Des semaines se succédèrent sans que tombât une goutte d'eau. Bernard vivait dans la terreur de l'incendie, et de nouveau « sentait » son cœur. Cinq cents hectares avaient brûlé du côté de Louchats : « Si le vent avait soufflé du nord, mes pins de Balisac étaient perdus. » Thérèse attendait elle ne savait quoi de ce ciel inaltérable[2]. Il ne pleuvrait jamais plus… Un jour, toute la forêt crépiterait alentour, et le bourg même ne serait pas épargné. Pourquoi les villages des Landes ne brûlent-ils jamais ? Elle trouvait injuste que les flammes choisissent toujours les pins, jamais les hommes. En famille, on discutait indéfiniment sur les causes du sinistre : une cigarette jetée ? la malveillance ? Thérèse rêvait qu'une nuit elle se levait, sortait de la maison, gagnait la forêt la plus envahie de brandes, jetait sa cigarette jusqu'à ce qu'une immense fumée ternît le ciel de l'aube… Mais elle chassait cette pensée, ayant l'amour des pins dans le sang ; ce n'était pas aux arbres qu'allait sa haine.

---

1. C'est-à-dire la procession religieuse.
2. Qui ne semble jamais vouloir pleuvoir.

La voici au moment de regarder en face l'acte qu'elle a commis. Quelle explication fournir à Bernard ? Rien à faire que de lui rappeler point par point comment la chose arriva. C'était ce jour du grand incendie de Mano. Des hommes entraient dans la salle à manger où la famille déjeunait en hâte. Les uns assuraient que le feu paraissait très éloigné de Saint-Clair ; d'autres insistaient pour que sonnât le tocsin[1]. Le parfum de la résine brûlée imprégnait ce jour torride et le soleil était comme sali. Thérèse revoit Bernard, la tête tournée, écoutant le rapport de Balion, tandis que sa forte main velue s'oublie au-dessus du verre et que les gouttes de Fowler tombent dans l'eau. Il avale d'un coup le remède sans qu'abrutie de chaleur, Thérèse ait songé à l'avertir qu'il a doublé sa dose habituelle. Tout le monde a quitté la table, – sauf elle qui ouvre des amandes fraîches, indifférente, étrangère à cette agitation, désintéressée de ce drame, comme de tout drame autre que le sien. Le tocsin ne sonne pas. Bernard rentre enfin : « Pour une fois, tu as eu raison de ne pas t'agiter : c'est du côté de Mano que ça brûle… » Il demande : « Est-ce que j'ai pris mes gouttes ? » et sans attendre la réponse, de nouveau il en fait tomber dans son verre. Elle s'est tue par paresse, sans doute, par fatigue. Qu'espère-t-elle à cette minute ? « Impossible que j'aie prémédité de me taire. »

---

1. Alarme particulière donnée par les cloches de l'église en cas de danger.

Pourtant, cette nuit-là, lorsqu'au chevet de Bernard vomissant et pleurant, le docteur Pédemay l'interrogea sur les incidents de la journée, elle ne dit rien de ce qu'elle avait vu à table. Il eût été pourtant facile, sans se compromettre, d'attirer l'attention du docteur sur l'arsenic que prenait Bernard. Elle aurait pu trouver une phrase comme celle-ci : « Je ne m'en suis pas rendu compte au moment même… Nous étions tous affolés par cet incendie… mais je jurerais, maintenant, qu'il a pris une double dose… » Elle demeura muette ; éprouva-t-elle seulement la tentation de parler ? L'acte qui, durant le déjeuner, était déjà en elle à son insu, commença alors d'émerger du fond de son être, – informe encore, mais à demi baigné de conscience.

Après le départ du docteur, elle avait regardé Bernard endormi enfin ; elle songeait : « Rien ne prouve que ce soit *cela* ; ce peut être une crise d'appendicite, bien qu'il n'y ait aucun autre symptôme… ou un cas de grippe infectieuse. » Mais Bernard, le surlendemain, était sur pied. « Il y avait des chances pour que ce fût *cela.* » Thérèse ne l'aurait pas juré ; elle aurait aimé à en être sûre. « Oui, je n'avais pas du tout le sentiment d'être la proie d'une tentation horrible ; il s'agissait d'une curiosité un peu dangereuse à satisfaire. Le premier jour où, avant que Bernard entrât dans la salle, je fis tomber des gouttes de Fowler dans son verre, je me souviens d'avoir répété : "Une seule fois, pour en avoir le cœur net… je saurai si c'est cela qui l'a rendu malade. Une seule fois, et ce sera fini." »

Le train ralentit, siffle longuement, repart. Deux ou trois feux dans l'ombre : la gare de Saint-Clair. Mais Thérèse n'a plus rien à examiner ; elle s'est engouffrée dans le crime béant ; elle a été aspirée par le crime ; ce qui a suivi, Bernard le connaît aussi bien qu'elle-même : cette soudaine reprise de son mal, et Thérèse le veillant nuit et jour, quoiqu'elle parût à bout de forces et qu'elle fût incapable de rien avaler (au point qu'il la persuada d'essayer du traitement Fowler et qu'elle obtint du docteur Pédemay une ordonnance). Pauvre docteur ! Il s'étonnait de ce liquide verdâtre que vomissait Bernard ; il n'aurait jamais cru qu'un tel désaccord pût exister entre le pouls d'un malade et sa température ; il avait maintes fois constaté dans la paratyphoïde un pouls calme en dépit d'une forte fièvre ; – mais que pouvaient signifier ces pulsations précipitées et cette température au-dessous de la normale ? Grippe infectieuse, sans doute : la grippe, cela dit tout.

Mme de la Trave songeait à faire venir un grand médecin consultant, mais ne voulait pas froisser[1] le docteur, ce vieil ami ; et puis Thérèse craignait de frapper Bernard. Pourtant, vers la mi-août, après une crise plus alarmante, Pédemay, de lui-même, souhaita l'avis d'un de ses confrères ; heureusement, dès le lendemain, l'état de Bernard s'améliorait ; trois semaines plus tard, on parlait de convalescence. « Je l'ai échappé belle, disait Pédemay. Si le grand homme

1. Vexer.

avait eu le temps de venir, il aurait obtenu toute la gloire de cette cure. »

Bernard se fit transporter à Argelouse, comptant bien être guéri pour la chasse à la palombe. Thérèse se fatigua beaucoup à cette époque : une crise aiguë de rhumatismes retenait au lit tante Clara ; tout retombait sur la jeune femme : deux malades, un enfant ; sans compter les besognes que tante Clara avait laissées en suspens. Thérèse mit beaucoup de bonne volonté à la relayer auprès des pauvres gens d'Argelouse. Elle fit le tour des métairies, s'occupa, comme sa tante, de faire exécuter les ordonnances, paya de sa bourse les remèdes. Elle ne songea pas à s'attrister de ce que la métairie de Vilméja demeurait close. Elle ne pensait plus à Jean Azévédo, ni à personne au monde. Elle traversait, seule, un tunnel, vertigineusement ; elle en était au plus obscur ; il fallait, sans réfléchir, comme une brute, sortir de ces ténèbres, de cette fumée, atteindre l'air libre, vite ! vite !

Au début de décembre, une reprise de son mal terrassa Bernard : un matin, il s'était réveillé grelottant, les jambes inertes et insensibles. Et ce qui suivit ! Le médecin consultant amené un soir de Bordeaux par M. de la Trave ; son long silence, après qu'il eut examiné le malade (Thérèse tenait la lampe et Balionte se souvient encore qu'elle était plus blanche que les draps) ; sur le palier mal éclairé, Pédemay, baissant la voix à cause de Thérèse aux écoutes, explique à son confrère que Darquey, le pharmacien, lui avait montré deux de ses ordonnances falsifiées : à la première, une main criminelle avait ajouté : *Liqueur de Fowler* ;

sur l'autre figuraient d'assez fortes doses de chloroforme, de digitaline, d'aconitine. Balion les avait apportées à la pharmacie, en même temps que beaucoup d'autres. Darquey, tourmenté d'avoir livré ces toxiques, avait couru, le lendemain, chez Pédemay… Oui, Bernard connaît toutes ces choses aussi bien que Thérèse elle-même. Une voiture sanitaire[1] l'avait transporté, d'urgence, à Bordeaux, dans une clinique ; et, dès ce jour-là, il commença d'aller mieux. Thérèse était demeurée seule à Argelouse ; mais quelle que fût sa solitude, elle percevait autour d'elle une immense rumeur ; bête tapie qui entend se rapprocher la meute ; accablée comme après une course forcenée, – comme si, tout près du but, la main tendue déjà, elle avait été soudain précipitée à terre, les jambes rompues. Son père était venu un soir, à la fin de l'hiver, l'avait conjurée de se disculper. Tout pouvait être sauvé encore. Pédemay avait consenti à retirer sa plainte, prétendait n'être plus sûr qu'une de ses ordonnances ne fût pas tout entière de sa main. Pour l'aconitine, le chloroforme et la digitaline, il ne pouvait en avoir prescrit d'aussi fortes doses ; mais puisque aucune trace n'en avait été relevée dans le sang du malade…

Thérèse se souvient de cette scène avec son père, au chevet de tante Clara. Un feu de bois éclairait la chambre ; aucun d'eux ne désirait la lampe. Elle expliquait de sa voix monotone d'enfant qui récite une leçon (cette leçon qu'elle repassait durant ses

1. Ambulance.

nuits sans sommeil) : « J'ai rencontré sur la route un homme qui n'était pas d'Argelouse, et qui m'a dit que puisque j'envoyais quelqu'un chez Darquey, il espérait que je voudrais bien me charger de son ordonnance ; il devait de l'argent à Darquey et aimait mieux ne pas se montrer à la pharmacie… Il promettait de venir chercher les remèdes à la maison, mais ne m'a laissé ni son nom ni son adresse…

— Trouve autre chose, Thérèse, je t'en supplie au nom de la famille. Trouve autre chose, malheureuse ! »

Le père Larroque répétait ses objurgations, avec entêtement ; la sourde, à demi soulevée sur ses oreillers, sentant peser sur Thérèse une menace mortelle, gémissait : « Que te dit-il ? Qu'est-ce qu'on te veut ? Pourquoi te fait-on du mal ? »

Elle avait trouvé la force de sourire à sa tante, de lui tenir la main, tandis que, comme une petite fille au catéchisme elle récitait : « C'était un homme sur la route ; il faisait trop noir pour que j'aie vu sa figure ; il ne m'a pas dit quelle métairie il habitait. » Un autre soir, il était venu chercher les remèdes. Par malheur, personne, dans la maison, ne l'avait aperçu.

JE FAIS LE POINT : CHAPITRES IV À VIII

1 - Comment est vécu ce mariage par chacun des deux époux ?

2 - Qu'arrive-t-il à Anne ? Comment Thérèse prend-elle cet événement ?

3 - À partir du début du chapitre VI, que commence à ressentir Bernard ? Quelle menace semble toujours planer au-dessus de ce personnage ?

4 - Quelle relation s'instaure entre Jean Avézédo et l'héroïne à partir du chapitre VI ? Que semble ressentir Thérèse pour ce personnage ?

5 - Quels sont les deux événements majeurs qui ont lieu au chapitre VIII ?

IX

Saint-Clair, enfin. À la descente du wagon, Thérèse ne fut pas reconnue. Pendant que Balion remettait son billet, elle avait contourné la gare et, à travers les planches empilées, rejoint la route où stationnait la carriole.

Cette carriole, maintenant, lui est un refuge ; sur le chemin défoncé, elle ne redoute plus de rencontrer personne. Toute son histoire, péniblement reconstruite, s'effondre : rien ne reste de cette confession préparée. Non : rien à dire pour sa défense ; pas même une raison à fournir ; le plus simple sera de se taire, ou de répondre seulement aux questions. Que peut-elle redouter ? Cette nuit passera, comme toutes les nuits ; le soleil se lèvera demain : elle est assurée d'en sortir, quoi qu'il arrive. Et rien ne peut arriver de pire que cette indifférence, que ce détachement total qui la sépare du monde et de son être même. Oui, la mort dans la vie : elle goûte la mort autant que la peut goûter une vivante.

Ses yeux accoutumés à l'ombre reconnaissent, au tournant de la route, cette métairie où quelques maisons basses ressemblent à des bêtes couchées et endormies. Ici Anne, autrefois, avait peur d'un chien qui se jetait toujours dans les roues de sa bicyclette. Plus loin, des aulnes[1] décelaient un bas-fond ; dans les jours les plus torrides, une fraîcheur fugitive, à cet endroit, se posait sur les joues en feu des jeunes filles. Un enfant à bicyclette, dont les dents luisent sous un chapeau de soleil, le son d'un grelot, une voix qui crie : « Regardez ! je lâche les deux mains ! » cette image confuse retient Thérèse, tout ce qu'elle trouve, dans ces jours finis, pour y reposer un cœur à bout de forces. Elle répète machinalement des mots rythmés sur le trot du cheval : « Inutilité de ma vie – néant de ma vie – solitude sans bornes – destinée sans issue. » Ah ! le seul geste possible, Bernard ne le fera pas. S'il ouvrait les bras pourtant, sans rien demander ! Si elle pouvait appuyer sa tête sur une poitrine humaine, si elle pouvait pleurer contre un corps vivant !

Elle aperçoit le talus du champ où Jean Azévédo, un jour de chaleur, s'est assis. Dire qu'elle a cru qu'il existait un endroit du monde où elle aurait pu s'épanouir au milieu d'êtres qui l'eussent comprise, peut-être admirée, aimée ! Mais sa solitude lui est attachée plus étroitement qu'au lépreux son ulcère : « Nul ne peut rien pour moi ; nul ne peut rien contre moi. »

« Voici Monsieur et Mlle Clara. »

Balion tire sur les rênes. Deux ombres s'avancent. Bernard, si faible encore, était venu au-devant d'elle – impatient d'être rassuré. Elle se lève à demi, annonce

---

1. Arbres qui se plaisent dans des terrains très humides.

de loin : « Non-lieu ! » Sans aucune autre réponse que : « C'était couru ! » Bernard aida la tante à grimper dans la carriole, et prit les rênes. Balion rentrerait à pied. Tante Clara s'assit entre les époux. Il fallut lui crier dans l'oreille que tout était arrangé (elle n'avait d'ailleurs du drame qu'une connaissance confuse). À son habitude, la sourde commença de parler à perdre haleine ; elle disait qu'*ils* avaient toujours eu la même tactique et que c'était l'affaire Dreyfus qui recommençait : « Calomniez, calomniez, il en restera toujours quelque chose. *Ils* étaient rudement forts et les républicains avaient tort de ne plus se tenir sur leurs gardes. Dès qu'on leur laisse le moindre répit, ces bêtes puantes, elles vous sautent dessus… » Ces jacassements dispensaient les époux d'échanger aucune parole.

Tante Clara, soufflant, gravit l'escalier un bougeoir à la main :

« Vous ne vous couchez pas ? Thérèse doit être fourbue[1]. Tu trouveras dans la chambre une tasse de bouillon, du poulet froid. »

Mais le couple demeurait debout dans le vestibule. La vieille vit Bernard ouvrir la porte du salon, s'effacer devant Thérèse, disparaître à sa suite. Si elle n'avait pas été sourde, elle aurait collé son oreille… mais on n'avait pas à se méfier d'elle, emmurée vivante. Elle éteignit sa bougie, pourtant, redescendit à tâtons, mit un œil à la serrure : Bernard déplaçait une lampe ; son visage vivement éclairé paraissait à la fois intimidé et solennel. La tante aperçut de dos

1. Épuisée.

Thérèse assise, elle avait jeté son manteau et sa toque sur un fauteuil ; le feu faisait fumer ses souliers mouillés. Un instant, elle tourna la tête vers son mari et la vieille femme se réjouit de voir que Thérèse souriait.

Thérèse souriait. Dans le bref intervalle d'espace et de temps, entre l'écurie et la maison, marchant aux côtés de Bernard, soudain elle avait vu, elle avait cru voir ce qu'il importait qu'elle fît. La seule approche de cet homme avait réduit à néant son espoir de s'expliquer, de se confier. Les êtres que nous connaissons le mieux, comme nous les déformons dès qu'ils ne sont plus là ! Durant tout ce voyage, elle s'était efforcée, à son insu, de recréer un Bernard capable de la comprendre, d'essayer de la comprendre ; – mais, du premier coup d'œil, il lui apparaissait tel qu'il était réellement, celui qui ne s'est jamais mis, fût-ce une fois dans sa vie, à la place d'autrui ; qui ignore cet effort pour sortir de soi-même, pour voir ce que l'adversaire voit. Au vrai, Bernard l'écouterait-il seulement ? Il arpentait la grande pièce humide et basse, et le plancher pourri par endroits craquait sous ses pas. Il ne regardait pas sa femme, – tout plein des paroles qu'il avait dès longtemps préméditées. Et Thérèse, elle aussi, savait ce qu'elle allait dire. La solution la plus simple, c'est toujours à celle-là que nous ne pensons jamais. Elle allait dire : « Je disparais, Bernard. Ne vous inquiétez pas de moi. Tout de suite, si vous voulez, je m'enfonce dans la nuit. La forêt ne me fait pas peur, ni les ténèbres. Elles me connaissent ; nous nous connaissons. J'ai été créée à l'image de ce pays aride et où rien n'est vivant, hors les oiseaux qui passent, les sangliers nomades. Je consens à être rejetée ; brûlez toutes mes photographies ; que ma fille même ne sache plus mon nom, que je sois aux yeux de ma famille comme si je n'avais jamais été. »

Et déjà Thérèse ouvre la bouche ; elle dit :

« Laissez-moi disparaître, Bernard. »

Au son de cette voix, Bernard s'est retourné. Du fond de la pièce, il se précipite, les veines de la face gonflées ; balbutie :

« Quoi ? Vous osez avoir un avis ? émettre un vœu ? Assez. Pas un mot de plus. Vous n'avez qu'à écouter, qu'à recevoir mes ordres, – à vous conformer à mes décisions irrévocables. »

Il ne bégaie plus, rejoint maintenant les phrases préparées avec soin. Appuyé à la cheminée, il s'exprime d'un ton grave, tire un papier de sa poche, le consulte. Thérèse n'a plus peur ; elle se moque de lui ; il est grotesque. Peu importe ce qu'il dit avec cet accent ignoble et qui fait rire partout ailleurs qu'à Saint-Clair, elle partira. Pourquoi tout ce drame ? Cela n'aurait eu aucune importance que cet imbécile disparût du nombre des vivants. Elle remarque, sur le papier qui tremble, ses ongles mal tenus ; il n'a pas de manchettes, il est de ces campagnards ridicules hors de leur trou, et dont la vie n'importe à aucune cause, à aucune idée, à aucun être. C'est par habitude que l'on donne une importance infinie à l'existence d'un homme. Robespierre avait raison ; et Napoléon, et Lénine… Il la voit sourire ; s'exaspère, hausse le ton, elle est obligée d'écouter :

« Moi, je vous tiens ; comprenez-vous ? Vous obéirez aux décisions arrêtées en famille, sinon…

— Sinon… quoi ? »

Elle ne songeait plus à feindre l'indifférence ; elle prenait un ton de bravade et de moquerie ; elle criait :

« Trop tard ! Vous avez témoigné en ma faveur ; vous ne pouvez plus vous déjuger. Vous seriez convaincu de faux témoignage…

— On peut toujours découvrir un fait nouveau. Je la détiens dans mon secrétaire, cette preuve inédite. Il n'y a pas prescription[1], Dieu merci ! »

Elle tressaillit, demanda :

« Que voulez-vous de moi ? »

Il consulte ses notes et, durant quelques secondes, Thérèse demeure attentive au silence prodigieux d'Argelouse. L'heure des coqs est encore éloignée ; aucune eau vive ne court dans ce désert, aucun vent n'émeut les cimes innombrables.

« Je ne cède pas à des considérations personnelles. Moi, je m'efface : la famille compte seule. L'intérêt de la famille a toujours dicté toutes mes décisions. J'ai consenti, pour l'honneur de la famille, à tromper la justice de mon pays. Dieu me jugera. »

Ce ton pompeux[2] faisait mal à Thérèse. Elle aurait voulu le supplier de s'exprimer plus simplement.

« Il importe, pour la famille, que le monde nous croie unis et qu'à ses yeux, je n'aie pas l'air de mettre

---

1. Au bout d'un certain nombre d'années, la justice peut abandonner la recherche de coupable.

2. Prétentieux, qui s'écoute parler.

en doute votre innocence. D'autre part, je veux me garder le mieux possible…

Je vous fais peur, Bernard ? »

Il murmura : « Peur ? Non : horreur. » Puis :

« Faisons vite et que tout soit dit une fois pour toutes : demain, nous quitterons cette maison pour nous établir à côté, dans la maison Desqueyroux ; je ne veux pas de votre tante chez moi. Vos repas vous seront servis par Balionte dans votre chambre. L'accès de toutes les autres pièces vous demeure interdit ; mais je ne vous empêcherai pas de courir les bois. Le dimanche, nous assisterons ensemble à la grand-messe, dans l'église de Saint-Clair. Il faut qu'on vous voie à mon bras ; et le premier jeudi du mois nous irons, en voiture ouverte, à la foire de B., chez votre père, comme nous avons toujours fait.

— Et Marie ?

— Marie part demain avec sa bonne pour Saint-Clair, puis ma mère l'amènera dans le Midi. Nous trouverons une raison de santé. Vous n'espériez tout de même pas qu'on allait vous la laisser ? Il faut la mettre à l'abri, elle aussi ! Moi disparu, c'est elle qui, à vingt et un ans, aurait eu la propriété. Après le mari, l'enfant… pourquoi pas ? »

Thérèse s'est levée ; elle retient un cri :

« Alors vous croyez que c'est à cause des pins que j'ai… »

Entre les mille sources secrètes de son acte, cet imbécile n'a donc su en découvrir aucune ; et il invente la raison la plus basse :

« Naturellement : à cause des pins... Pourquoi serait-ce ? Il suffit de procéder par élimination. Je vous défie de m'indiquer un autre mobile... Au reste, c'est sans importance et cela ne m'intéresse plus ; je ne me pose plus de questions ; vous n'êtes plus rien ; ce qui existe, c'est le nom que vous portez, hélas ! Dans quelques mois, lorsque le monde sera convaincu de notre entente, qu'Anne aura épousé le fils Deguilhem... Vous savez que les Deguilhem exigent un délai, qu'ils demandent à réfléchir... à ce moment-là, je pourrai enfin m'établir à Saint-Clair ; vous, vous resterez ici. Vous serez neurasthénique[1], ou autre chose...

— La folie, par exemple ?

— Non, ça porterait tort à Marie. Mais les raisons plausibles ne manqueront pas. Voilà. »

Thérèse murmure : « À Argelouse... jusqu'à la mort... » Elle s'approcha de la fenêtre, l'ouvrit. Bernard, à cet instant, connut une vraie joie ; cette femme qui toujours l'avait intimidé et humilié, comme il la domine, ce soir ! comme elle doit se sentir méprisée ! Il éprouvait l'orgueil de sa modération. Mme de la Trave lui répétait qu'il était un saint ; toute la famille le louait de sa grandeur d'âme : il avait, pour la première fois, le sentiment de cette grandeur. Lorsque, avec mille précautions, à la maison de santé, l'attentat de Thérèse lui avait été découvert, son sang-froid, qui lui attira tant de louanges, ne lui avait guère coûté d'efforts. Rien n'est vraiment grave pour les

1. Dépressive.

êtres incapables d'aimer ; parce qu'il était sans amour, Bernard n'avait éprouvé que cette sorte de joie tremblante, après un grand péril écarté : ce que peut ressentir un homme à qui l'on révèle qu'il a vécu, durant des années, et à son insu, dans l'intimité d'un fou furieux. Mais, ce soir, Bernard avait le sentiment de sa force ; il dominait la vie. Il admirait qu'aucune difficulté ne résiste à un esprit droit et qui raisonne juste ; même au lendemain d'une telle tourmente, il était prêt à soutenir que l'on n'est jamais malheureux, sinon par sa faute. Le pire des drames, voilà qu'il l'avait *réglé* comme n'importe quelle autre affaire. Ça ne se saurait presque pas ; il sauverait la face ; on ne le plaindrait plus ; il ne voulait pas être plaint. Qu'y a-t-il d'humiliant à avoir épousé un monstre, lorsque l'on a le dernier mot ? La vie de garçon a du bon, d'ailleurs, et l'approche de la mort avait accru merveilleusement le goût qu'il avait des propriétés, de la chasse, de l'automobile, de ce qui se mange et de ce qui se boit : la vie, enfin !

Thérèse demeurait debout devant la fenêtre ; elle voyait un peu de gravier blanc, sentait les chrysanthèmes qu'un grillage défend contre les troupeaux. Au-delà, une masse noire de chênes cachait les pins ; mais leur odeur résineuse emplissait la nuit ; pareils à l'armée ennemie, invisible mais toute proche, Thérèse savait qu'ils cernaient la maison. Ces gardiens dont elle écoute la plainte sourde, la verraient languir[1] au long des hivers, haleter durant les jours torrides ;

1. Dépérir, se laisser mourir.

ils seraient les témoins de cet étouffement lent. Elle referme la fenêtre et s'approche de Bernard :

« Croyez-vous donc que vous me retiendrez de force ?

— À votre aise… mais sachez-le bien : vous ne sortirez d'ici que les poings liés.

— Quelle exagération ! Je vous connais : ne vous faites pas plus méchant que nature. Vous n'exposerez pas la famille à cette honte ! Je suis bien tranquille. » Alors, en homme qui a tout bien pesé, il lui expliqua que partir, c'était se reconnaître coupable. L'opprobre[1], dans ce cas, ne pouvait être évité par la famille, qu'en s'amputant du membre gangrené[2], en le rejetant, en le reniant, à la face des hommes.

« C'était même le parti auquel d'abord ma mère aurait voulu que nous nous arrêtions, figurez-vous ! Nous avons été au moment de laisser la justice suivre son cours ; et si ce n'avait été d'Anne et de Marie… Mais il est temps encore. Ne vous pressez pas de répondre. Je vous laisse jusqu'au jour. »

Thérèse dit à mi-voix :

« Mon père me reste.

— Votre père ? mais nous sommes entièrement d'accord. Il a sa carrière, son parti, les idées qu'il représente : il ne pense qu'à étouffer le scandale, coûte que coûte. Reconnaissez au moins ce qu'il a fait pour vous. Si l'instruction a été bâclée, c'est

1. Réprobation publique devant des actes jugés condamnables, honte.

2. Malade et dangereux, qu'il est nécessaire d'amputer.

bien grâce à lui... D'ailleurs, il a dû vous exprimer sa volonté formelle... Non ? »

Bernard n'élevait plus le ton, redevenait presque courtois. Ce n'était pas qu'il éprouvât la moindre compassion. Mais cette femme, qu'il n'entendait même plus respirer, gisait[1] enfin ; elle avait trouvé sa vraie place. Tout rentrait dans l'ordre. Le bonheur d'un autre homme n'eût pas résisté à un tel coup : Bernard était fier d'avoir réussi ce redressement ; tout le monde peut se tromper ; tout le monde, d'ailleurs, à propos de Thérèse, s'était trompé, – jusqu'à Mme de la Trave qui, d'habitude, avait si vite fait de juger son monde. C'est que les gens, maintenant, ne tiennent plus assez compte des principes ; ils ne croient plus au péril d'une éducation comme celle qu'a reçue Thérèse ; un monstre, sans doute ; tout de même on a beau dire : si elle avait cru en Dieu... la peur est le commencement de la sagesse. Ainsi songeait Bernard. Et il se disait encore que le bourg, impatient de savourer leur honte, serait bien déçu, chaque dimanche, à la vue d'un ménage aussi uni ! Il lui tardait presque d'être à dimanche, pour voir la tête des gens !... D'ailleurs, la justice n'y perdrait rien. Il prit la lampe, son bras levé éclairait la nuque de Thérèse :

« Vous ne montez pas encore ? »

Elle ne parut pas l'entendre. Il sortit, la laissant dans le noir. Au bas de l'escalier, tante Clara était

1. Était anéantie, comme morte.

accroupie sur la première marche. Comme la vieille le dévisageait, il sourit avec effort, lui prit le bras pour qu'elle se levât. Mais elle résistait, – vieux chien contre le lit de son maître qui agonise. Bernard posa la lampe sur le carreau, et cria dans l'oreille de la vieille que Thérèse déjà se sentait beaucoup mieux, mais qu'elle voulait demeurer seule quelques instants, avant d'aller dormir :

« Vous savez que c'est une de ses lubies[1] ! »

Oui, la tante le savait : ce fut toujours sa malchance d'entrer chez Thérèse au moment où la jeune femme souhaitait d'être seule. Souvent il avait suffi à la vieille d'entrouvrir la porte, pour se sentir importune[2].

Elle se mit debout avec effort, et, appuyée au bras de Bernard, gagna la pièce qu'elle occupait au-dessus du grand salon. Bernard y pénétra derrière elle, prit soin d'allumer une bougie sur la table, puis, l'ayant baisée au front, s'éloigna. La tante ne l'avait pas quitté des yeux. Que ne déchiffrait-elle sur les figures des hommes qu'elle n'entendait pas ? Elle laisse à Bernard le temps de regagner sa chambre, rouvre doucement la porte… mais il est encore sur le palier, appuyé à la rampe : il roule une cigarette ; elle rentre en hâte, les jambes tremblantes, à bout de souffle, au point de n'avoir pas la force de se déshabiller. Elle demeure couchée sur son lit, les yeux ouverts.

---

1. Manies, habitudes un peu irraisonnables.
2. Non désirée, gênante.

X

Au salon, Thérèse était assise dans le noir. Des tisons vivaient encore sous la cendre. Elle ne bougeait pas. Du fond de sa mémoire, surgissaient, maintenant qu'il était trop tard, des lambeaux[1] de cette confession préparée durant le voyage ; mais pourquoi se reprocher de ne s'en être pas servie ? Au vrai, cette histoire trop bien construite demeurait sans lien avec la réalité. Cette importance qu'il lui avait plu d'attribuer aux discours du jeune Azévédo, quelle bêtise ! Comme si cela avait pu compter le moins du monde ! Non, non : elle avait obéi à une profonde loi, à une loi inexorable[2] ; elle n'avait pas détruit cette famille, c'était elle qui serait donc détruite ; ils avaient raison de la considérer comme un monstre, mais elle aussi les jugeait monstrueux. Sans que rien ne parût au-dehors, ils allaient, avec une lente méthode, l'anéantir. « Contre moi, désormais, cette puissante mécanique familiale sera montée, – faute de n'avoir

1. Bribes, morceaux épars.
2. Contre laquelle on ne peut pas lutter, qu'il est vain de vouloir contrecarrer.

su ni l'enrayer ni sortir à temps des rouages. Inutile de chercher d'autres raisons que celle-ci : “parce que c'était eux, parce que c'était moi…[1]” Me masquer, sauver la face, donner le change, cet effort que je pus accomplir moins de deux années, j'imagine que d'autres êtres (qui sont mes semblables) y persévèrent souvent jusqu'à la mort, sauvés par l'accoutumance peut-être, chloroformés[2] par l'habitude, abrutis, endormis contre le sein de la famille maternelle et toute-puissante. Mais moi, mais moi, mais moi… »

Elle se leva, ouvrit la fenêtre, sentit le froid de l'aube. Pourquoi ne pas fuir ? Cette fenêtre seulement à enjamber. La poursuivraient-ils ? La livreraient-ils de nouveau à la justice ? C'était une chance à courir. Tout, plutôt que cette agonie interminable. Déjà Thérèse traîne un fauteuil, l'appuie à la croisée[3]. Mais elle n'a pas d'argent ; des milliers de pins lui appartiennent en vain : sans l'entremise de Bernard, elle ne peut toucher un sou. Autant vaudrait s'enfoncer à travers la lande, comme avait fait Daguerre, cet assassin traqué pour qui Thérèse enfant avait éprouvé tant de pitié (elle se souvient des gendarmes auxquels Balionte versait du vin dans la cuisine d'Argelouse) – et c'était le chien des Desqueyroux qui avait découvert la piste du misérable. On l'avait ramassé à

1. Allusion littéraire mais complètement détournée de son sens puisque Michel de Montaigne (écrivain et philosophe de la Renaissance) évoque l'amitié qui le lie à Étienne de La Boétie par ces termes : « Parce que c'était lui, parce que c'était moi. »

2. Endormis.

3. Dans le but de s'enfuir.

demi mort de faim dans la brande. Thérèse l'avait vu ligoté sur une charrette de paille. On disait qu'il était mort sur le bateau avant d'arriver à Cayenne[1]. Un bateau… le bagne… Ne sont-ils pas capables de la livrer comme ils l'ont dit ? Cette preuve que Bernard prétendait tenir… mensonge, sans doute ; à moins qu'il n'ait découvert, dans la poche de la vieille pèlerine, ce paquet de poisons…

Thérèse en aura le cœur net. Elle s'engage à tâtons dans l'escalier. À mesure qu'elle monte, elle y voit plus clair à cause de l'aube qui, là-haut, éclaire les vitres. Voici, sur le palier du grenier, l'armoire où pendent les vieux vêtements – ceux qu'on ne donne jamais, parce qu'ils servent durant la chasse. Cette pèlerine délavée a une poche profonde : tante Clara y rangeait son tricot, du temps qu'elle aussi, dans un « jouquet[2] » solitaire, guettait les palombes. Thérèse y glisse la main, en retire le paquet cacheté de cire :

Chloroforme : 30 grammes
Aconitine granules : n° 20
Digitaline sol. : 20 grammes

Elle relit ces mots, ces chiffres. Mourir. Elle a toujours eu la terreur de mourir. L'essentiel est de ne pas regarder la mort en face – de prévoir seulement les gestes indispensables : verser l'eau, diluer la poudre,

1. Célèbre bagne pour les prisonniers les plus dangereux.
2. Cabane de chasseurs.

boire d'un trait, s'étendre sur le lit, fermer les yeux. Ne chercher à rien voir au-delà. Pourquoi redouter ce sommeil plus que tout autre sommeil ? Si elle frissonne, c'est que le petit matin est froid. Elle descend, s'arrête devant la chambre où dort Marie. La bonne y ronfle comme une bête grogne. Thérèse pousse la porte. Les volets filtrent le jour naissant. L'étroit lit de fer est blanc dans l'ombre. Deux poings minuscules sont posés sur le drap. L'oreiller noie un profil encore informe. Thérèse reconnaît cette oreille trop grande : son oreille. Les gens ont raison : une réplique d'elle-même est là, engourdie, endormie. « Je m'en vais – mais cette part de moi-même demeure et tout ce destin à remplir jusqu'au bout, dont pas un iota ne sera omis. » Tendances, inclinations, lois du sang, lois inéluctables. Thérèse a lu que des désespérés emportent avec eux leurs enfants dans la mort ; les bonnes gens laissent choir leur journal : « Comment des choses pareilles sont-elles possibles ? » Parce qu'elle est un monstre, Thérèse sent profondément que cela est possible et que pour un rien… Elle s'agenouille, touche à peine de ses lèvres une petite main ; elle s'étonne de ce qui sourd du plus profond de son être, monte à ses yeux, brûle ses joues : quelques pauvres larmes, elle qui ne pleure jamais !

Thérèse se lève, regarde encore l'enfant, passe enfin dans sa chambre, emplit d'eau le verre, rompt le cachet de cire, hésite entre les trois boîtes de poison.

La fenêtre était ouverte ; les coqs semblaient déchirer le brouillard dont les pins retenaient entre leurs branches des lambeaux diaphanes. Campagne trempée d'aurore. Comment renoncer à tant de lumière ? Qu'est-ce que la mort ? On ne sait pas ce qu'est la mort. Thérèse n'est pas assurée du néant. Thérèse n'est pas absolument sûre qu'il n'y ait personne. Thérèse se hait de ressentir une telle terreur. Elle qui n'hésitait pas à y précipiter autrui, se cabre devant le néant. Que sa lâcheté l'humilie ! S'il existe, cet Être (et elle revoit, en un bref instant, la Fête-Dieu accablante, l'homme solitaire écrasé sous une chape d'or, et cette chose qu'il porte des deux mains, et ces lèvres qui remuent, et cet air de douleur), qu'Il détourne la main criminelle avant que ce ne soit trop tard ; – et si c'est sa volonté qu'une pauvre âme aveugle franchisse le passage, puisse-t-Il, du moins, accueillir avec amour ce monstre, sa créature. Thérèse verse dans l'eau le chloroforme dont le nom, plus familier, lui fait moins peur parce qu'il suscite des images de sommeil. Qu'elle se hâte ! La maison s'éveille : Balionte a rabattu les volets dans la chambre de tante Clara. Que crie-t-elle à la sourde ? D'habitude, la servante sait se faire comprendre au mouvement des lèvres. Un bruit de portes et de pas précipités. Thérèse n'a que le temps de jeter un châle sur la table pour cacher les poisons. Balionte entre sans frapper :

« Mamiselle est morte ! Je l'ai trouvée morte, sur son lit, tout habillée. Elle est déjà froide. »

On a tout de même mis un chapelet entre les doigts de la vieille impie[1], un crucifix sur sa poi-

1. Ennemie de l'Église.

trine. Des métayers entrent, s'agenouillent, sortent, non sans avoir longuement dévisagé Thérèse debout au pied du lit (« Et qui sait si ce n'est pas elle encore qui a fait le coup ? »). Bernard est allé à Saint-Clair pour avertir la famille et pour toutes les démarches. Il a dû se dire que cet accident venait à point, ferait diversion. Thérèse regarde ce corps, ce vieux corps fidèle qui s'est couché sous ses pas au moment où elle allait se jeter dans la mort. Hasard ; coïncidence. Si on lui parlait d'une volonté particulière, elle hausserait les épaules. Les gens se disent les uns aux autres : « Vous avez vu ? Elle ne fait même pas semblant de pleurer ! » Thérèse parle dans son cœur à celle qui n'est plus là : vivre, mais comme un cadavre entre les mains de ceux qui la haïssent. N'essayer de rien voir au-delà.

Aux funérailles, Thérèse occupa son rang. Le dimanche qui suivit, elle pénétra dans l'église avec Bernard qui, au lieu de passer par le bas-côté, selon son habitude, traversa ostensiblement la nef. Thérèse ne releva son voile de crêpe que lorsqu'elle eut pris place entre sa belle-mère et son mari. Un pilier la rendait invisible à l'assistance ; en face d'elle, il n'y avait rien que le chœur. Cernée de toutes parts : la foule derrière, Bernard à droite, Mme de la Trave à gauche, et cela seulement lui est ouvert, comme l'arène au taureau qui sort de la nuit : cet espace vide, où, entre deux enfants, un homme déguisé est debout, chuchotant, les bras un peu écartés.

XI

Bernard et Thérèse rentrèrent le soir à Argelouse dans la maison Desqueyroux à peu près inhabitée depuis des années. Les cheminées fumaient, les fenêtres fermaient mal, et le vent passait sous les portes que les rats avaient rongées. Mais l'automne fut si beau, cette année-là, que d'abord Thérèse ne souffrit pas de ces incommodités. La chasse retenait Bernard jusqu'au soir. À peine rentré, il s'installait à la cuisine, dînait avec les Balion : Thérèse entendait le bruit des fourchettes, les voix monotones. La nuit tombe vite en octobre. Les quelques livres qu'elle avait fait venir de la maison voisine lui étaient trop connus. Bernard laissa sans réponse la demande qu'elle lui fit de transmettre une commande à son libraire de Bordeaux ; il permit seulement à Thérèse de renouveler sa provision de cigarettes. Tisonner[1]… mais la fumée résineuse et refoulée brûlait ses yeux, irritait sa gorge déjà malade à cause du tabac. À peine Balionte avait-elle emporté les restes d'un repas rapide, que Thérèse éteignait la lampe, se cou-

1. Remuer la braise du feu de cheminée.

chait. Combien d'heures demeurait-elle étendue, sans que la délivrât le sommeil ! Le silence d'Argelouse l'empêchait de dormir : elle préférait les nuits de vent, – cette plainte indéfinie des cimes recèle une douceur humaine. Thérèse s'abandonnait à ce bercement. Les nuits troublées de l'équinoxe[1] l'endormaient mieux que les nuits calmes.

Aussi interminables que lui parussent les soirées, il lui arrivait pourtant de rentrer avant le crépuscule, soit qu'à sa vue, une mère ait pris son enfant par la main, et l'ait ramené rudement à l'intérieur de la métairie, soit qu'un bouvier[2], dont elle connaissait le nom, n'ait pas répondu à son bonjour. Ah ! qu'il eût été bon de se perdre, de se noyer au plus profond d'une ville populeuse[3] ! À Argelouse, pas un berger qui ne connût sa légende (la mort même de tante Clara lui était imputée). Elle n'aurait osé franchir aucun seuil ; elle sortait de chez elle par une porte dérobée, évitait les maisons ; un cahot lointain de charrette suffisait pour qu'elle se jetât dans un chemin de traverse. Elle marchait vite, avec un cœur angoissé de gibier, se couchait dans la brande pour attendre que fût passée une bicyclette.

Le dimanche, à la messe de Saint-Clair, elle n'éprouvait pas cette terreur et goûtait quelque relâche. L'opinion du bourg lui paraissait plus favorable. Elle ne savait pas que son père, les La Trave

---

1. Période où le jour est aussi long que la nuit.
2. Personne qui garde les bœufs.
3. Habitée par beaucoup de monde.

la peignaient sous les traits d'une victime innocente et frappée à mort : « Nous craignons que la pauvre petite ne s'en relève pas ; elle ne veut voir personne et le médecin dit qu'il ne faut pas la contrarier. Bernard l'entoure beaucoup, mais le moral est atteint... »

La dernière nuit d'octobre, un vent furieux, venu de l'Atlantique, tourmenta longuement les cimes, et Thérèse, dans un demi-sommeil, demeurait attentive à ce bruit d'Océan. Mais au petit jour, ce ne fut pas la même plainte qui l'éveilla. Elle poussa les volets, et la chambre demeura sombre ; une pluie menue, serrée, ruisselait sur les tuiles des communs, sur les feuilles encore épaisses des chênes. Bernard ne sortit pas, ce jour-là. Thérèse fumait, jetait sa cigarette, allait sur le palier, et entendait son mari errer d'une pièce à l'autre au rez-de-chaussée ; une odeur de pipe s'insinua jusque dans la chambre, domina celle du tabac blond de Thérèse, et elle reconnut l'odeur de son ancienne vie. Le premier jour de mauvais temps... Combien devrait-elle en vivre au coin de cette cheminée où le feu mourait ? Dans les angles la moisissure détachait le papier. Aux murs, la trace demeurait encore des portraits anciens qu'avait pris Bernard pour en orner le salon de Saint-Clair – et les clous rouillés qui ne soutenaient plus rien. Sur la cheminée, dans un triple cadre de fausse écaille, des photographies étaient pâles comme si les morts qu'elles représentaient y fussent morts une seconde fois : le père de Bernard, sa grand-mère, Bernard coiffé « en enfant d'Édouard ». Tout ce jour à vivre encore, dans cette chambre ; et puis ces semaines, ces mois…

Comme la nuit venait, Thérèse n'y tint plus, ouvrit doucement la porte, descendit, pénétra dans la cuisine. Elle vit Bernard assis sur une chaise basse, devant le feu, et qui soudain se mit debout. Balion interrompit le nettoyage d'un fusil ; Balionte laissa choir son tricot. Tous trois la regardaient avec une telle expression qu'elle leur demanda :

« Je vous fais peur ?

— L'accès de la cuisine vous est interdit. Ne le savez-vous pas ? »

Elle ne répondit rien, recula vers la porte. Bernard la rappela :

« Puisque je vous vois… je tiens à vous dire que ma présence ici n'est plus nécessaire. Nous avons su créer à Saint-Clair un courant de sympathie ; on vous croit, ou l'on fait semblant de vous croire un peu neurasthénique. Il est entendu que vous aimez mieux vivre seule et que je viens souvent vous voir. Désormais, je vous dispense de la messe… »

Elle balbutia que « ça ne l'ennuyait pas du tout d'y aller ». Il répondit que ce n'était pas son amusement qui importait. Le résultat cherché était acquis :

« Et puisque la messe, pour vous, ne signifie rien… »

Elle ouvrit la bouche, parut au moment de parler, demeura silencieuse. Il insista pour que d'aucune parole, d'aucun geste, elle ne compromît un succès si rapide, si inespéré. Elle demanda comment allait Marie. Il dit qu'elle allait bien, et qu'elle partait le lendemain avec Anne et Mme de la Trave pour Beaulieu. Lui-même irait y passer quelques semaines : deux mois au plus. Il ouvrit la porte, s'effaça devant Thérèse.

Au petit jour sombre, elle entendit Balion atteler. Encore la voix de Bernard, des piaffements, les cahots de la carriole qui s'éloignait. Enfin la pluie sur les tuiles, sur les vitres brouillées, sur le champ désert, sur cent kilomètres de landes et de marais, sur les dernières dunes mouvantes, sur l'Océan.

Thérèse allumait sa cigarette à celle qu'elle achevait de fumer. Vers quatre heures, elle mit un « ciré », s'enfonça dans la pluie. Elle eut peur de la nuit, revint à sa chambre. Le feu était éteint, et comme elle grelottait, elle se coucha. Vers sept heures, Balionte lui ayant monté un œuf frit sur du jambon, elle refusa d'en manger ; ce goût de graisse l'écœurait à la fin ! Toujours du confit ou du jambon. Balionte disait qu'elle n'avait pas mieux à lui offrir : M. Bernard lui avait interdit la volaille. Elle se plaignait de ce que Thérèse la faisait monter et descendre inutilement (elle avait une maladie de cœur, les jambes enflées). Ce service était déjà trop lourd pour elle ; ce qu'elle en faisait, c'était bien pour M. Bernard.

Thérèse eut la fièvre cette nuit-là ; et son esprit étrangement lucide construisait toute une vie à Paris : elle revoyait ce restaurant du Bois où elle avait été, mais sans Bernard, avec Jean Azévédo et des jeunes femmes. Elle posait son étui d'écaille sur la table, allumait une Abdullah[1]. Elle parlait, expliquait son cœur, et l'orchestre jouait en sourdine. Elle enchantait un cercle de visages attentifs, mais nullement étonnés. Une femme disait : « C'est comme moi… j'ai éprouvé cela, moi aussi. » Un homme de lettres la prenait à part : « Vous devriez écrire tout ce qui se passe en vous. Nous publierons ce journal d'une femme d'aujourd'hui dans notre revue. » Un jeune homme qui souffrait à cause d'elle la ramenait dans son auto. Ils remontaient l'avenue du Bois ; elle n'était pas troublée mais jouissait de ce jeune corps bouleversé, assis à sa gauche. « Non, pas ce soir, lui disait-elle. Ce soir, je dîne avec une amie. — Et demain soir ? — Non plus. — Vos soirées ne sont jamais libres ? — Presque jamais… pour ainsi dire jamais… »

Un être était dans sa vie grâce auquel tout le reste du monde lui paraissait insignifiant ; quelqu'un que personne de son cercle ne connaissait ; une créature très humble, très obscure ; mais toute l'existence de Thérèse tournait autour de ce soleil visible pour son seul regard, et dont sa chair seule connaissait la chaleur. Paris grondait comme le vent dans les pins. Ce corps contre son corps, aussi léger qu'il fût, l'empêchait de respirer ; mais elle aimait mieux perdre le souffle que l'éloigner. (Et Thérèse fait le geste d'étreindre, et de sa main droite serre son épaule gauche – et les ongles de sa main gauche s'enfoncent dans son épaule droite.)

1. Marque de cigarettes.

Elle se lève, pieds nus ; ouvre la fenêtre ; les ténèbres ne sont pas froides ; mais comment imaginer qu'il puisse un jour ne plus pleuvoir ? Il pleuvra jusqu'à la fin du monde. Si elle avait de l'argent, elle se sauverait à Paris, irait droit chez Jean Azévédo, se confierait à lui ; il saurait lui procurer du travail. Être une femme seule dans Paris, qui gagne sa vie, qui ne dépend de personne… Être sans famille ! Ne laisser qu'à son cœur le soin de choisir *les siens* – non selon le sang, mais selon l'esprit, et selon la chair aussi ; découvrir ses vrais parents, aussi rares, aussi disséminés fussent-ils… Elle s'endormit enfin, la fenêtre ouverte. L'aube froide et mouillée l'éveilla : elle claquait des dents, sans courage pour se lever et fermer la fenêtre, – incapable même d'étendre le bras, de tirer la couverture.

Elle ne se leva pas, ce jour-là, ni ne fit sa toilette. Elle avala quelques bouchées de confit et but du café pour pouvoir fumer (à jeun, son estomac ne supportait plus le tabac). Elle essayait de retrouver ses imaginations nocturnes ; au reste, il n'y avait guère plus de bruit dans Argelouse, et l'après-midi n'était guère moins sombre que la nuit. En ces jours les plus courts de l'année, la pluie épaisse unifie le temps, confond les heures ; un crépuscule rejoint l'autre dans le silence immuable. Mais Thérèse était sans désir de sommeil et ses songes en devenaient plus précis ; avec méthode, elle cherchait, dans son passé, des visages oubliés, des bouches qu'elle avait chéries de loin, des corps indistincts que des rencontres fortuites[1], des

1. Dues au hasard.

hasards nocturnes avaient rapprochés de son corps innocent. Elle composait un bonheur, elle inventait une joie, elle créait de toutes pièces un impossible amour.

« Elle ne quitte plus son lit, elle laisse son confit et son pain – disait, à quelque temps de là, Balionte à Balion. – Mais je te jure qu'elle vide bien toute sa bouteille. Autant qu'on lui en donnerait, à cette garce, autant qu'elle en boirait. Et après ça, elle brûle les draps avec sa cigarette. Elle finira par nous mettre le feu. Elle fume tant qu'elle a ses doigts et ses ongles jaunes, comme si elle les avait trempés dans de l'arnica : si ce n'est pas malheureux ! des draps qui ont été tissés sur la propriété… Attends un peu que je te les change souvent ! »

Elle disait encore qu'elle ne refusait pas de balayer la chambre ni de faire le lit. Mais c'était cette feignantasse qui ne voulait pas sortir des draps. Et ce n'était pas la peine que Balionte, avec ses jambes enflées, montât des brocs d'eau chaude : elle les retrouvait, le soir, à la porte de la chambre où elle les avait posés le matin.

La pensée de Thérèse se détachait du corps inconnu qu'elle avait suscité pour sa joie, elle se lassait de son bonheur, éprouvait la satiété de l'imaginaire plaisir – inventait une autre évasion. On s'agenouillait autour de son grabat[1]. Un enfant d'Argelouse (un de ceux qui fuyaient à son approche) était apporté

1. Lit misérable.

mourant dans la chambre de Thérèse ; elle posait sur lui sa main toute jaunie de nicotine, et il se relevait guéri. Elle inventait d'autres rêves plus humbles : elle arrangeait une maison au bord de la mer, voyait en esprit le jardin, la terrasse, disposait les pièces, choisissait un à un chaque meuble, cherchait la place pour ceux qu'elle possédait à Saint-Clair, se disputait avec elle-même pour le choix des étoffes. Puis le décor se défaisait, devenait moins précis, et il ne restait qu'une charmille[1], un banc devant la mer. Thérèse, assise, reposait sa tête contre une épaule, se levait à l'appel de la cloche pour le repas, entrait dans la charmille noire et quelqu'un marchait à ses côtés qui soudain l'entourait des deux bras, l'attirait. Un baiser, songe-t-elle, doit arrêter le temps ; elle imagine qu'il existe dans l'amour des secondes infinies. Elle l'imagine ; elle ne le saura jamais. Elle voit la maison blanche encore, le puits ; une pompe grince ; des héliotropes[2] arrosés parfument la cour ; le dîner sera un repos avant ce bonheur du soir et de la nuit qu'il doit être impossible de regarder en face, tant il dépasse la puissance de notre cœur : ainsi l'amour dont Thérèse a été plus sevrée qu'aucune créature, elle en est possédée, pénétrée. À peine entend-elle les criailleries de Balionte. Que crie la vieille ? Que M. Bernard rentrera du Midi, un jour ou l'autre, sans avertir : « et que dira-t-il quand il verra cette chambre ? un vrai parc à cochons ! Il faut que Madame se lève de gré

1. Endroit où sont plantés des charmes (arbres).
2. Fleurs odorantes.

ou de force ». Assise sur son lit, Thérèse regarde avec stupeur ses jambes squelettiques, et ses pieds lui paraissent énormes. Balionte l'enveloppe d'une robe de chambre, la pousse dans un fauteuil. Elle cherche à côté d'elle les cigarettes, mais sa main retombe dans le vide. Un soleil froid entre par la fenêtre ouverte. Balionte s'agite, un balai à la main, s'essouffle, marmonne des injures, – Balionte qui est bonne pourtant, puisqu'on raconte en famille qu'à chaque Noël la mort du cochon qu'elle a fini d'engraisser lui arrache des larmes. Elle en veut à Thérèse de ne pas lui répondre : le silence est à ses yeux une injure, un signe de mépris.

Mais il ne dépendait pas de Thérèse qu'elle parlât. Quand elle ressentit dans son corps la fraîcheur des draps propres, elle crut avoir dit merci ; en vérité, aucun son n'était sorti de ses lèvres. Balionte lui jeta, en s'en allant : « Ceux-là, vous ne les brûlerez pas ! » Thérèse eut peur qu'elle ait enlevé les cigarettes, avança la main vers la table : les cigarettes n'y étaient plus. Comment vivre sans fumer ? Il fallait que ses doigts pussent sans cesse toucher cette petite chose sèche et chaude ; il fallait qu'elle pût ensuite les flairer indéfiniment et que la chambre baignât dans une brume qu'avait aspirée et rejetée sa bouche. Balionte ne remonterait que le soir ; tout un après-midi sans tabac ! Elle ferma les yeux, et ses doigts jaunes faisaient encore le mouvement accoutumé autour d'une cigarette.

À sept heures Balionte entra avec une bougie, posa sur la table le plateau : du lait, du café, un morceau de pain. « Alors, vous n'avez pas besoin d'autre chose ? » Elle attendit malignement que Thérèse réclamât ses cigarettes ; mais Thérèse ne détourna pas sa face collée au mur.

Balionte avait sans doute négligé de bien fermer la fenêtre : un coup de vent l'ouvrit, et le froid de la nuit emplit la chambre. Thérèse se sentait sans courage pour rejeter les couvertures, pour se lever, pour courir pieds nus jusqu'à la croisée. Le corps ramassé, le drap tiré jusqu'aux yeux, elle demeurait immobile, ne recevant que sur ses paupières et sur son front le souffle glacé. L'immense rumeur des pins emplissait Argelouse, mais en dépit de ce bruit d'Océan, c'était tout de même le silence d'Argelouse. Thérèse songeait que si elle eût aimé souffrir, elle ne se fût pas si profondément enfoncée sous ses couvertures. Elle essaya de les repousser un peu, ne put demeurer que quelques secondes exposée au froid. Puis, elle y réussit plus longtemps, comme par jeu. Sans que ce fût selon une volonté délibérée, sa douleur devenait ainsi son occupation et – qui sait ? – sa raison d'être au monde.

XII

« Une lettre de Monsieur. »

Comme Thérèse ne prenait pas l'enveloppe qu'elle lui tendait, Balionte insista : sûrement, Monsieur disait quand il rentrait ; il fallait pourtant qu'elle le sût pour tout préparer.

« Si Madame veut que je lise… »

Thérèse dit : « Lisez ! lisez ! » Et, comme elle faisait toujours en présence de Balionte, se tourna du côté du mur. Pourtant, ce que déchiffrait Balionte la tira de sa torpeur :

J'ai été heureux d'apprendre, par les rapports de Balion, que tout va bien à Argelouse…

Bernard annonçait qu'il rentrerait par la route, mais que comme il comptait s'arrêter dans plusieurs villes, il ne pouvait fixer la date exacte de son retour.

Ce ne sera sûrement pas après le 20 décembre. Ne vous étonnez pas de me voir arriver avec Anne et le fils Deguilhem. Ils se sont fiancés à Beaulieu ; mais ce n'est pas encore officiel ; le fils Deguilhem tient beaucoup à vous voir d'abord. Question de convenances, assure-t-il ; pour moi, j'ai le sentiment qu'il veut se faire une opinion sur vous savez quoi. Vous êtes trop intelligente pour ne pas vous tirer de cette épreuve. Rappelez-vous que vous êtes souffrante, que le moral est atteint. Enfin, je m'en rapporte à vous. Je saurai reconnaître votre effort pour ne pas nuire au bonheur d'Anne, ni compromettre l'heureuse issue de ce projet si satisfaisant pour la famille, à tous égards ; – comme je n'hésiterais pas non plus, le cas échéant, à vous faire payer cher toute tentative de sabotage ; mais je suis sûr que ce n'est pas à redouter.

C'était un beau jour clair et froid. Thérèse se leva, docile aux injonctions de Balionte, et fit à son bras quelques pas dans le jardin, mais eut bien de la peine à finir son blanc de poulet. Il restait dix jours avant le 20 décembre. Si Madame consentait à se secouer un peu, c'était plus qu'il n'en fallait pour être sur pied.

« On ne peut pas dire qu'elle y mette de la mauvaise volonté, disait Balionte à Balion. Elle fait ce qu'elle peut. M. Bernard s'y connaît pour dresser les mauvais chiens. Tu sais, quand il leur met le "collier de force" ? Celle-là, ça n'a pas été long de la rendre comme une chienne couchante. Mais il ferait aussi bien de ne pas s'y fier… »

Thérèse, en effet, mettait tout son effort dans le renoncement au songe, au sommeil, à l'anéantissement. Elle s'obligeait à marcher, à manger, mais surtout à redevenir lucide, à voir avec ses yeux de chair les choses, les êtres ; – et comme elle fût revenue dans une lande incendiée par elle, qu'elle eût foulé cette cendre, qu'elle se fût promenée à travers les pins brûlés et noirs, elle essaierait aussi de parler, de sourire au milieu de cette famille, – de sa famille.

Le 18, vers trois heures, par un temps couvert mais sans pluie, Thérèse était assise devant le feu de sa chambre, la tête appuyée au dossier, les yeux fermés. Une trépidation de moteur l'éveilla. Elle reconnut la voix de Bernard dans le vestibule ; elle entendit aussi Mme de la Trave. Lorsque Balionte, à bout de souffle, eut poussé la porte sans avoir frappé, Thérèse était debout déjà, devant la glace. Elle mettait du rouge à ses joues, à ses lèvres. Elle disait : « Il ne faut pas que je lui fasse peur, à ce garçon. »

Mais Bernard avait commis une faute en ne montant pas d'abord chez sa femme. Le fils Deguilhem, qui avait promis à sa famille « de ne pas garder les yeux dans sa poche[1] », se disait « que c'était à tout le moins un manque d'empressement et qui donnait à penser ». Il s'écarta un peu d'Anne, releva son col de fourrure, en remarquant que « ces salons de campagne, il ne faut pas essayer de les chauffer ». Il demanda à Bernard : « Vous n'avez pas de cave en dessous ? Alors votre plancher pourrira toujours, à moins que vous ne fassiez mettre une couche de ciment… »

Anne de la Trave avait un manteau de petit-gris[2], un chapeau de feutre sans ruban ni cocarde (« mais,

1. D'être attentif à tout.
2. Fourrure.

disait Mme de la Trave, il coûte plus cher, sans la moindre fourniture, que nos chapeaux d'autrefois avec leurs plumes et leurs aigrettes[1]. C'est vrai que le feutre est de toute beauté. Il vient de chez Lailhaca, mais c'est le modèle de Reboux »). Mme de la Trave tendait ses bottines au feu, sa figure à la fois impérieuse et molle était tournée vers la porte. Elle avait promis à Bernard d'être à la hauteur des circonstances. Par exemple, elle l'avait averti : « Ne me demande pas de l'embrasser. On ne peut pas demander ça à ta mère. Ce sera déjà pour moi bien assez terrible de toucher sa main. Tu vois : Dieu sait que c'est épouvantable ce qu'elle a fait ; eh bien, ce n'est pas ce qui me révolte le plus. On savait déjà qu'il y avait des gens capables d'assassiner… mais c'est son hypocrisie ! Ça, c'est épouvantable ! Tu te rappelles : "Mère, prenez donc ce fauteuil, vous serez mieux…" Et tu te souviens quand elle avait tellement peur de te frapper ? "Le pauvre chéri a horreur de la mort, une consultation l'achèvera…" Dieu sait que je ne me doutais de rien ; mais "pauvre chéri" dans sa bouche m'avait surprise… »

Maintenant, dans le salon d'Argelouse, Mme de la Trave n'est plus sensible qu'à la gêne que chacun éprouve ; elle observe les yeux de pie[2] du fils Deguilhem fixés sur Bernard.

« Bernard, tu devrais aller voir ce que fait Thérèse… Elle est peut-être plus souffrante. »

1. Dans la mode « garçonne » un peu dépouillée. Le chapeau est donc créé à Bordeaux mais imite un modèle parisien, selon une coutume répandue à l'époque.

2. Qui cherche à voir ce qu'on lui cache.

Anne (indifférente, comme détachée de ce qui peut survenir) reconnaît la première un pas familier, dit : « Je l'entends qui descend. » Bernard, une main appuyée à son cœur, souffre d'une palpitation. C'était idiot de n'être pas arrivé la veille, il aurait réglé la scène d'avance avec Thérèse. Qu'allait-elle dire ? Elle était de force à tout compromettre, sans rien faire précisément qu'on lui pût reprocher. Comme elle descend lentement l'escalier ! Ils sont tous debout, tournés vers la porte que Thérèse ouvre enfin.

Bernard devait se rappeler, bien des années après, qu'à l'approche de ce corps détruit, de cette petite figure blanche et fardée, il pensa d'abord : « Cour d'assises ». Mais ce n'était pas à cause du crime de Thérèse. En une seconde, il revit cette image coloriée du *Petit Parisien* qui, parmi beaucoup d'autres, ornait les cabinets[1] en planches du jardin d'Argelouse ; – et tandis que bourdonnaient les mouches, qu'au-dehors grinçaient les cigales d'un jour de feu, ses yeux d'enfant scrutaient ce dessin rouge et vert qui représentait *La Séquestrée de Poitiers*[2].

Ainsi contemplait-il, maintenant, Thérèse, exsangue, décharnée, et mesurait-il sa folie de n'avoir pas, coûte que coûte, écarté cette femme terrible, – comme on va jeter à l'eau un engin qui, d'une seconde à l'autre, peut

1. Autrefois les toilettes se trouvaient dans les jardins, on y collait sur les planches des feuilles de journaux pour empêcher le vent de s'infiltrer.

2. Allusion à une affaire judiciaire racontée par l'écrivain André Gide dans laquelle une jeune femme avait été enfermée par sa mère et laissée à l'abandon ; elle ne pesait que vingt-cinq kilos lorsqu'on la découvrit.

éclater. Que ce fût ou non à son insu. Thérèse suscitait le drame, – pire que le drame : le fait divers ; il fallait qu'elle fût criminelle ou victime… Il y eut, du côté de la famille, une rumeur d'étonnement et de pitié si peu feinte, que le fils Deguilhem hésita dans ses conclusions, ne sut plus que penser. Thérèse disait :

« Mais c'est très simple, le mauvais temps m'empêchait de sortir, alors j'avais perdu l'appétit. Je ne mangeais presque plus. Mieux vaut maigrir qu'engraisser… Mais parlons de toi, Anne, je suis heureuse… »

Elle lui prit les mains (elle était assise, Anne debout). Elle la contemplait. Dans cette figure, qu'on eût cru rongée, Anne reconnaissait bien ce regard dont l'insistance naguère l'irritait. Elle se souvient qu'elle lui disait : « Quand tu auras fini de me regarder comme ça ! »

« Je me réjouis de ton bonheur, ma petite Anne. » Elle sourit brièvement au « bonheur d'Anne », au fils Deguilhem – à ce crâne, à ces moustaches de gendarme, à ces épaules tombantes, à cette jaquette, à ces petites cuisses grasses sous un pantalon rayé gris et noir (mais quoi ! c'était un homme comme tous les hommes, – enfin, un mari). Puis de nouveau elle posa les yeux sur Anne, lui dit :

« Enlève ton chapeau… Ah ! comme ça, je te reconnais, ma chérie. »

Anne, maintenant, voyait de tout près une bouche un peu grimaçante, ces yeux toujours secs, ces yeux sans larmes mais elle ne savait pas ce que pensait Thérèse. Le fils Deguilhem disait que l'hiver à la campagne n'est pas si terrible pour une femme qui aime son intérieur : « Il y a toujours tant de choses à faire dans une maison. »

« Tu ne me demandes pas des nouvelles de Marie ?

— C'est vrai… Parle-moi de Marie… »

Anne parut de nouveau méfiante, hostile ; depuis des mois, elle répétait souvent, avec les mêmes intonations que sa mère : « Je lui aurais tout pardonné, parce que, enfin, c'est une malade ; mais son indifférence pour Marie, je ne peux pas la digérer. Une mère qui ne s'intéresse pas à son enfant, vous pouvez inventer toutes les excuses que vous voudrez, je trouve ça ignoble. »

Thérèse lisait dans la pensée de la jeune fille : « Elle me méprise parce que je ne lui ai pas d'abord parlé de Marie. Comment lui expliquer ? Elle ne comprendrait pas que je suis remplie de moi-même, que je m'occupe tout entière. Anne, elle, n'attend que d'avoir des enfants pour s'anéantir en eux, comme a fait sa mère, comme font toutes les femmes de la famille. Moi, il faut toujours que je me retrouve ; je m'efforce de me rejoindre… Anne oubliera son adolescence contre la mienne, les caresses de Jean Azévédo, dès le premier vagissement du marmot[1] que va lui faire ce gnome, sans même enlever sa jaquette[2]. Les femmes de la famille aspirent à perdre toute existence individuelle. C'est beau, ce don total à l'espèce ; je sens la beauté de cet effacement, de cet anéantissement… Mais moi, mais moi… »

1. Enfant.
2. Habit de mariage.

Elle essaya de ne pas écouter ce qu'on disait, de penser à Marie ; la petite devait parler, maintenant :

« Cela m'amuserait quelques secondes, peut-être, de l'entendre, mais tout de suite elle m'ennuierait, je serais impatiente de me retrouver seule avec moi-même… » Elle interroge Anne :

« Elle doit bien parler, Marie ?

— Elle répète tout ce qu'on veut. C'est tordant. Il suffit d'un coq ou d'une trompe d'auto, pour qu'elle lève son petit doigt et dise : “T'entends la ‘sisique’?” C'est un amour, c'est un chou. »

Thérèse songe : « Il faut que j'écoute ce qu'on dit. J'ai la tête vide ; que raconte le fils Deguilhem ? » Elle fait un grand effort, prête l'oreille.

« Dans ma propriété de Balisac, les résiniers ne sont pas vaillants comme ici : quatre amasses de gemme[1], lorsque les paysans d'Argelouse en font sept ou huit.

— Au prix où est la gemme, faut-il qu'ils soient fainéants !

— Savez-vous qu'un résinier, aujourd'hui, se fait des journées de cent francs… Mais je crois que nous fatiguons Mme Desqueyroux… »

Thérèse appuyait au dossier sa nuque. Tout le monde se leva. Bernard décida qu'il ne rentrerait pas à Saint-Clair. Le fils Deguilhem acceptait de conduire l'auto que le chauffeur ramènerait à Argelouse, le lendemain, avec le bagage de Bernard. Thérèse fit un effort pour se lever, mais sa belle-mère l'en

1. L'amasse est le nom donné dans les Landes à la récolte de la résine de pins (ou gemme).

empêcha. Elle ferme les yeux, elle entend Bernard dire à Mme de la Trave : « Ces Balion, tout de même ! ce que je vais leur laver la tête… Ils le sentiront passer.

— Fais attention, ne va pas trop fort, il ne faut pas qu'ils s'en aillent ; d'abord ils en savent trop long ; et puis, pour les propriétés… Balion est seul à bien connaître toutes les limites. »

Mme de la Trave répond à une réflexion de Bernard que Thérèse n'a pas entendue : « Tout de même, sois prudent, ne te fie pas trop à elle, surveille ses gestes, ne la laisse jamais entrer seule à la cuisine ou à la salle à manger… mais non : elle n'est pas évanouie ; elle dort ou elle fait semblant. »

Thérèse rouvre les yeux : Bernard est devant elle ; il tient un verre et dit : « Avalez ça ; c'est du vin d'Espagne ; c'est très remontant. » Et comme il fait toujours ce qu'il a décidé de faire, il entre à la cuisine, se met en colère. Thérèse entend le patois glapissant de Balionte et songe : « Bernard a eu peur, c'est évident ; peur de quoi ? » Il rentre :

« Je pense que vous mangerez avec plus d'appétit à la salle à manger que dans votre chambre. J'ai donné des ordres pour que le couvert soit mis comme autrefois. »

Thérèse retrouvait le Bernard du temps de l'instruction : l'allié qui voulait à tout prix la tirer d'affaire. Il désire qu'elle guérisse, coûte que coûte. Oui, c'est évident qu'il a eu peur. Thérèse l'observe, assis en face d'elle et tisonnant, mais ne devine pas l'image que contemplent ses gros yeux dans la flamme ; ce dessin rouge et vert du *Petit Parisien* : *La Séquestrée de Poitiers.*

Autant qu'il ait plu, le sable d'Argelouse ne retient aucune flaque. Au cœur de l'hiver, il suffit d'une heure de soleil pour impunément fouler, en espadrilles, les chemins feutrés d'aiguilles, élastiques et secs. Bernard chassait tout le jour, mais rentrait pour les repas, s'inquiétait de Thérèse, la soignait comme il n'avait jamais fait. Très peu de contrainte dans leurs rapports. Il l'obligeait à se peser tous les trois jours, à ne fumer que deux cigarettes après chaque repas. Thérèse, sur le conseil de Bernard, marchait beaucoup : « L'exercice est le meilleur apéritif. »

Elle n'avait plus peur d'Argelouse ; il lui semblait que les pins s'écartaient, ouvraient leurs rangs, lui faisaient signe de prendre le large. Un soir, Bernard lui avait dit : « Je vous demande d'attendre jusqu'au mariage d'Anne ; il faut que tout le pays nous voie, une fois encore, ensemble ; après vous serez libre. » Elle n'avait pu dormir, durant la nuit qui suivit. Une inquiète joie lui tenait les yeux ouverts. Elle entendit à l'aube les coqs innombrables qui ne semblaient pas se répondre : ils chantaient tous ensemble, emplissaient la terre et le ciel d'une seule clameur. Bernard la lâcherait dans le monde, comme autrefois dans la lande cette laie[1] qu'il n'avait pas su apprivoiser. Anne enfin mariée, les gens diraient ce qu'ils voudraient : Bernard immergerait Thérèse au plus profond de Paris et prendrait la fuite. C'était entendu entre eux. Pas de divorce ni de séparation officielle ; on invente-

1. Femelle du sanglier.

rait, pour le monde, une raison de santé (« elle ne se porte bien qu'en voyage »). Il lui réglerait fidèlement ses gemmes, à chaque Toussaint.

Bernard n'interrogeait pas Thérèse sur ses projets : qu'elle aille se faire pendre ailleurs. « Je ne serai tranquille, disait-il à sa mère, que lorsqu'elle aura débarrassé le plancher. — J'entends bien qu'elle reprendra son nom de jeune fille... N'empêche que si elle fait des siennes, on saura bien te retrouver. » Mais Thérèse, affirmait-il, ne ruait que dans les brancards[1]. Libre, peut-être n'y aurait-il pas plus raisonnable. Il fallait, en tout cas, en courir la chance. C'était aussi l'opinion de M. Larroque. Tout compte fait, mieux valait que Thérèse disparût ; on l'oublierait plus vite, les gens perdraient l'habitude d'en parler. Il importait de faire le silence. Cette idée avait pris racine en eux et rien ne les en eût fait démordre : il fallait que Thérèse sortît des brancards[2]. Qu'ils en étaient impatients !

Thérèse aimait ce dépouillement que l'hiver finissant impose à une terre déjà si nue ; pourtant la bure tenace des feuilles mortes demeurait attachée aux chênes. Elle découvrait que le silence d'Argelouse n'existe pas. Par les temps les plus calmes, la forêt se plaint comme on pleure sur soi-même, se berce, s'endort et les nuits ne sont qu'un indéfini chuchotement. Il y aurait des aubes de sa future vie, de cette

1. Manifestait son désaccord mais sans mettre en danger les autres.

2. De leur univers, de leur entourage.

inimaginable vie, des aubes si désertes qu'elle regretterait peut-être l'heure du réveil à Argelouse, l'unique clameur des coqs sans nombre. Elle se souviendra, dans les étés qui vont venir, des cigales du jour et des grillons de la nuit. Paris : non plus les pins déchirés, mais les êtres redoutables ; la foule des hommes après la foule des arbres.

Les époux s'étonnaient de ce qu'entre eux subsistait si peu de gêne. Thérèse songeait que les êtres nous deviennent supportables dès que nous sommes sûrs de pouvoir les quitter. Bernard s'intéressait au poids de Thérèse, – mais aussi à ses propos ; elle parlait devant lui plus librement qu'elle n'avait jamais fait : « À Paris… quand je serai à Paris… » Elle habiterait l'hôtel, chercherait peut-être un appartement. Elle comptait suivre des cours, des conférences, des concerts, « reprendre son éducation par la base ». Bernard ne songeait pas à la surveiller ; et, sans arrière-pensée, mangeait sa soupe, vidait son verre. Le docteur Pédemay, qui parfois les rencontrait sur la route d'Argelouse, disait à sa femme : « Ce qu'il y a d'étonnant, c'est qu'ils n'ont pas du tout l'air de jouer la comédie. »

XIII

Un matin chaud de mars, vers dix heures, le flot humain coulait déjà, battait la terrasse du café de la Paix[1] où étaient assis Bernard et Thérèse. Elle jeta sa cigarette et, comme font les Landais, l'écrasa avec soin.

« Vous avez peur de mettre le feu au trottoir ? »

Bernard se força pour rire. Il se reprochait d'avoir accompagné Thérèse jusqu'à Paris. Sans doute au lendemain du mariage d'Anne, l'avait-il fait à cause de l'opinion publique, – mais surtout il avait obéi au désir de la jeune femme. Il se disait qu'elle avait le génie des situations fausses : tant qu'elle demeurerait dans sa vie, il risquait de condescendre[2] ainsi à des gestes déraisonnables ; même sur un esprit aussi équilibré, aussi solide que le sien, cette folle gardait un semblant d'influence. Au moment de se séparer d'elle, il ne pouvait se défendre d'une tristesse dont il n'eût jamais convenu : rien qui lui fût plus étranger qu'un sentiment de cette sorte, provoqué par autrui (mais surtout par Thérèse… cela était impossible à imaginer). Qu'il

1. Célèbre café parisien situé place de l'opéra Garnier.
2. S'abaisser à.

se sentait impatient d'échapper à ce trouble ! Il ne respirerait librement que dans le train de midi. L'auto l'attendrait ce soir à Langon. Très vite, au sortir de la gare, sur la route de Villandraut, les pins commencent. Il observait le profil de Thérèse, ses prunelles qui parfois s'attachaient dans la foule à une figure, la suivaient jusqu'à ce qu'elle ait disparu ; et soudain :

« Thérèse… je voulais vous demander… »

Il détourna les yeux, n'ayant jamais pu soutenir le regard de cette femme, puis très vite :

« Je voudrais savoir… C'était parce que vous me détestiez ? Parce que je vous faisais horreur ? »

Il écoutait ses propres paroles avec étonnement, avec agacement. Thérèse sourit, puis le fixa d'un air grave : Enfin ! Bernard lui posait une question, celle même qui fût d'abord venue à l'esprit de Thérèse si elle avait été à sa place. Cette confession longuement préparée, dans la victoria, au long de la route du Nizan, puis dans le petit train de Saint-Clair, cette nuit de recherches, cette quête patiente, cet effort pour remonter à la source de son acte, – enfin ce retour épuisant sur soi-même était peut-être au moment d'obtenir son prix. Elle avait, à son insu, troublé Bernard. Elle l'avait compliqué ; et voici qu'il l'interrogeait comme quelqu'un qui ne voit pas clair, qui hésite… Moins simple… donc, moins implacable. Thérèse jeta sur cet homme nouveau un regard complaisant, presque maternel. Pourtant, elle lui répondit, d'un ton de moquerie :

« Ne savez-vous pas que c'est à cause de vos pins ? Oui, j'ai voulu posséder seule vos pins. »

Il haussa les épaules :

« Je ne le crois plus si je l'ai jamais cru. Pourquoi avez-vous fait cela ? Vous pouvez bien me le dire, maintenant. »

Elle regardait dans le vide : sur ce trottoir, au bord d'un fleuve de boue et de corps pressés, au moment de s'y jeter, de s'y débattre, ou de consentir à l'enlisement, elle percevait une lueur, une aube : elle imaginait un retour au pays secret et triste, – toute une vie de méditation, de perfectionnement, dans le silence d'Argelouse : l'aventure intérieure, la recherche de Dieu… Un Marocain qui vendait des tapis et des colliers de verre crut qu'elle lui souriait, s'approcha d'eux. Elle dit, avec le même air de se moquer :

« J'allais vous répondre : "Je ne sais pas pourquoi j'ai fait cela" ; mais maintenant, peut-être le sais-je, figurez-vous ! Il se pourrait que ce fût pour voir dans vos yeux une inquiétude, une curiosité – du trouble enfin : tout ce que depuis une seconde j'y découvre. »

Il gronda, d'un ton qui rappelait à Thérèse leur voyage de noces :

« Vous aurez donc de l'esprit jusqu'à la fin… Sérieusement : pourquoi ? »

Elle ne riait plus ; elle demanda à son tour :

« Un homme comme vous, Bernard, connaît toujours toutes les raisons de ses actes, n'est-ce pas ?

— Sûrement… sans doute… Du moins il me semble.

— Moi, j'aurais tant voulu que rien ne vous demeurât caché. Si vous saviez à quelle torture je me suis soumise pour voir clair… Mais toutes les raisons que j'aurais pu vous donner, comprenez-vous, à peine les eussé-je énoncées, elles m'auraient paru menteuses... »

Bernard s'impatienta :

« Enfin, il y a eu tout de même un jour où vous vous êtes décidée... où vous avez fait le geste ?

— Oui, le jour du grand incendie de Mano. »

Ils s'étaient rapprochés, parlaient à mi-voix. À ce carrefour de Paris, sous ce soleil léger, dans ce vent un peu trop frais qui sentait le tabac d'outre-mer et agitait les stores jaunes et rouges, Thérèse trouvait étrange d'évoquer l'après-midi accablant, le ciel gorgé de fumée, le fuligineux[1] azur, cette pénétrante odeur de torche qu'épandent les pignadas[2] consumées, – et son propre cœur ensommeillé où prenait forme lentement le crime.

« Voici comment cela est venu : c'était dans la salle à manger, obscure comme toujours à midi ; vous parliez, la tête un peu tournée vers Balion, oubliant de compter les gouttes qui tombaient dans votre verre. »

Thérèse ne regardait pas Bernard, toute au soin de ne pas omettre la plus menue circonstance ; mais elle l'entendit rire et alors le dévisagea : oui, il riait de son stupide rire ; il disait : « Non ! mais pour qui me prenez-vous ! » Il ne la croyait pas (mais au vrai, ce qu'elle disait, était-ce croyable ?). Il ricanait et elle reconnaissait le Bernard sûr de soi et qui ne s'en laisse pas conter[3]. Il avait reconquis son assiette[4] ; elle se sentait de nouveau perdue ; il gouaillait[5] :

1. Sombre, obscur.
2. Pinèdes (régionalisme).
3. À qui on ne peut pas faire croire n'importe quoi.
4. Retrouvé sa place.
5. Se moquait, raillait.

« Alors, l'idée vous est venue, comme cela, tout d'un coup, par l'opération du Saint-Esprit[1] ? »

Qu'il se haïssait d'avoir interrogé Thérèse ! C'était perdre tout le bénéfice du mépris dont il avait accablé cette folle : elle relevait la tête, parbleu ! Pourquoi avait-il cédé à ce brusque désir de comprendre ? Comme s'il y avait quoi que ce fût à comprendre, avec ces détraquées ! Mais cela lui avait échappé ; il n'avait pas réfléchi…

« Écoutez, Bernard, ce que je vous en dis, ce n'est pas pour vous persuader de mon innocence, bien loin de là ! »

Elle mit une passion étrange à se charger : pour avoir agi ainsi en somnambule, il fallait, à l'entendre, que depuis des mois elle eût accueilli dans son cœur, qu'elle eût nourri des pensées criminelles. D'ailleurs, le premier geste accompli, avec quelle fureur lucide elle avait poursuivi son dessein ! avec quelle ténacité !

« Je ne me sentais cruelle que lorsque ma main hésitait. Je m'en voulais de prolonger vos souffrances. Il fallait aller jusqu'au bout, et vite ! Je cédais à un affreux devoir. Oui, c'était comme un devoir. »

Bernard l'interrompit :

« En voilà des phrases ! Essayez donc de me dire, une bonne fois, ce que vous vouliez ! Je vous en défie.

— Ce que je voulais ? Sans doute serait-il plus aisé de dire ce que je ne voulais pas ; je ne voulais pas jouer un personnage, faire des gestes, prononcer des formules, renier enfin à chaque instant une Thérèse

1. Comme par hasard, une idée venue du ciel.

qui… Mais non, Bernard ; voyez, je ne cherche qu'à être véridique ; comment se fait-il que tout ce que je vous raconte là rende un son si faux ?

— Parlez plus bas : le monsieur qui est devant nous s'est retourné. »

Bernard ne souhaitait plus rien que d'en finir. Mais il connaissait cette maniaque : elle s'en donnerait à cœur joie de couper les cheveux en quatre[1]. Thérèse comprenait aussi que cet homme, une seconde rapproché, s'était de nouveau éloigné à l'infini. Elle insistait pourtant, essayait de son beau sourire, donnait à sa voix certaines inflexions basses et rauques qu'il avait aimées.

« Mais maintenant, Bernard, je sens bien que la Thérèse qui, d'instinct, écrase sa cigarette parce qu'un rien suffit à mettre le feu aux brandes, – la Thérèse qui aimait compter ses pins elle-même, régler ses gemmes ; – la Thérèse qui était fière d'épouser un Desqueyroux, de tenir son rang au sein d'une bonne famille de la lande, contente enfin de se caser, comme on dit, cette Thérèse-là est aussi réelle que l'autre, aussi vivante ; non, non : il n'y avait aucune raison de la sacrifier à l'autre.

— Quelle autre ? »

Elle ne sut que répondre, et il regarda sa montre. Elle dit :

« Il faudra pourtant que je revienne quelquefois, pour mes affaires… et pour Marie.

— Quelles affaires ? C'est moi qui gère les biens de la communauté. Nous ne revenons pas sur ce qui

1. Tout compliquer.

est entendu, n'est-ce pas ? Vous aurez votre place à toutes les cérémonies officielles où il importe, pour l'honneur du nom et dans l'intérêt de Marie, que l'on nous voie ensemble. Dans une famille aussi nombreuse que la nôtre, les mariages ne manquent pas, Dieu merci ! ni les enterrements. Pour commencer, ça m'étonnerait que l'oncle Martin dure jusqu'à l'automne : ce vous sera une occasion, puisqu'il paraît que vous en avez déjà assez… »

Un agent à cheval approchait un sifflet de ses lèvres, ouvrait d'invisibles écluses[1], une armée de piétons se hâtait de traverser la chaussée noire avant que l'ait recouverte la vague des taxis : « J'aurais dû partir, une nuit, vers la lande du Midi, comme Daguerre. J'aurais dû marcher à travers les pins rachitiques de cette terre mauvaise ; – marcher jusqu'à épuisement. Je n'aurais pas eu le courage de tenir ma tête enfoncée dans l'eau d'une lagune (ainsi qu'a fait ce berger d'Argelouse, l'année dernière, parce que sa bru ne lui donnait pas à manger). Mais j'aurais pu me coucher dans le sable, fermer les yeux… C'est vrai qu'il y a les corbeaux, les fourmis qui n'attendent pas… »

Elle contempla le fleuve humain, cette masse vivante qui allait s'ouvrir sous son corps, la rouler, l'entraîner. Plus rien à faire. Bernard tire encore sa montre.

---

1. L'agent autorise au passage piéton la circulation, ce que François Mauriac compare au lever des barrières d'écluse de canaux qui sont levées par l'éclusier.

« Onze heures moins le quart : le temps de passer à l'hôtel…

— Vous n'aurez pas trop chaud pour voyager.

— Il faudra même que je me couvre, ce soir, dans l'auto. »

Elle vit en esprit la route où il roulerait, crut que le vent froid baignait sa face, ce vent qui sent le marécage, les copeaux résineux, les feux d'herbes, la menthe, la brume. Elle regarda Bernard, eut ce sourire qui autrefois faisait dire aux dames de la lande : « On ne peut pas prétendre qu'elle soit jolie, mais elle est le charme même. » Si Bernard lui avait dit : « Je te pardonne ; viens… », elle se serait levée, l'aurait suivi. Mais Bernard, un instant ému, n'éprouvait plus que l'horreur des gestes inaccoutumés, des paroles différentes de celles qu'il est d'usage d'échanger chaque jour. Bernard était « à la voie », comme ses carrioles : il avait besoin de ses ornières ; quand il les aura retrouvées, ce soir même, dans la salle à manger de Saint-Clair, il goûtera le calme, la paix.

« Je veux une dernière fois vous demander pardon, Bernard. »

Elle prononce ces mots avec trop de solennité et sans espoir, – dernier effort pour que reprenne la conversation. Mais lui proteste : « N'en parlons plus…

— Vous allez vous sentir bien seul : sans être là, j'occupe une place ; mieux vaudrait pour vous que je fusse morte. » Il haussa un peu les épaules et, presque jovial, la pria « de ne pas s'en faire pour lui ».

« Chaque génération de Desqueyroux a eu son vieux garçon[1] ! Il fallait bien que ce fût moi. J'ai toutes les qualités requises (ce n'est pas vous qui direz le contraire ?). Je regrette seulement que nous ayons eu une fille ; à cause du nom qui va finir. Il est vrai que, même si nous étions demeurés ensemble, nous n'aurions pas voulu d'autre enfant… alors, en somme, tout est au mieux… Ne vous dérangez pas ; restez là. »

Il fit signe à un taxi, revint sur ses pas pour rappeler à Thérèse que les consommations étaient payées.

Elle regarda longtemps la goutte de porto au fond du verre de Bernard ; puis de nouveau dévisagea les passants. Certains semblaient attendre, allaient et venaient. Une femme se retourna deux fois, sourit à Thérèse (ouvrière, ou déguisée en ouvrière ?). C'était l'heure où se vident les ateliers de couture. Thérèse ne songeait pas à quitter la place ; elle ne s'ennuyait ni n'éprouvait de tristesse. Elle décida de ne pas aller voir, cet après-midi, Jean Azévédo, – et poussa un soupir de délivrance : elle n'avait pas envie de le voir : causer encore ! chercher des formules ! Elle connaissait Jean Azévédo ; mais les êtres dont elle souhaitait l'approche, elle ne les connaissait pas ; elle savait d'eux seulement qu'ils n'exigeraient guère de paroles. Thérèse ne redoutait plus la solitude. Il suffisait qu'elle demeurât immobile : comme son corps, étendu dans la lande du Midi, eût attiré les fourmis, les chiens, ici elle pressentait déjà autour de sa chair une agitation

1. Celui qui ne se marie pas, reste célibataire.

obscure, un remous. Elle eut faim, se leva, vit dans une glace d'Old England[1] la jeune femme qu'elle était : ce costume de voyage très ajusté lui allait bien. Mais de son temps d'Argelouse, elle gardait une figure comme rongée : ces pommettes trop saillantes[2], ce nez court. Elle songea : « Je n'ai pas d'âge. » Elle déjeuna (comme souvent dans ses rêves) rue Royale. Pourquoi rentrer à l'hôtel puisqu'elle n'en avait pas envie ? Un chaud contentement lui venait, grâce à cette demi-bouteille de Pouilly. Elle demanda des cigarettes. Un jeune homme, d'une table voisine, lui tendit son briquet allumé, et elle sourit. La route de Villandraut, le soir, entre ces pins sinistres, dire qu'il y a une heure à peine, elle souhaitait de s'y enfoncer aux côtés de Bernard ! Qu'importe d'aimer tel pays ou tel autre, les pins ou les érables, l'Océan ou la plaine ? Rien ne l'intéressait que ce qui vit, que les êtres de sang et de chair. « Ce n'est pas la ville de pierres que je chéris, ni les conférences, ni les musées, c'est la forêt vivante qui s'y agite, et que creusent des passions plus forcenées qu'aucune tempête. Le gémissement des pins d'Argelouse, la nuit, n'était émouvant que parce qu'on l'eût dit humain. »

Thérèse avait un peu bu et beaucoup fumé. Elle riait seule comme une bienheureuse. Elle farda ses joues et ses lèvres, avec minutie ; puis, ayant gagné la rue, marcha au hasard.

---

1. Célèbre boutique du quartier de l'opéra qui vend des vêtements anglais assez chics.
2. Marquées, visibles.

JE FAIS LE POINT : CHAPITRES IX À XIII

1 - Quelles sont les raisons qui donnent à Bernard le sentiment d'une toute-puissance sur sa femme ?

2 - Que rêve de faire Thérèse au chapitre X ? Y parvient-elle ?

3 - Dans quel état sa famille retrouve-t-elle Thérèse après ces quelques mois d'enfermement ?

4 - Au terme du récit, en quoi peut-on dire que l'héroïne a « gagné » sur Bernard ?

5 - Dans quel état d'esprit semble Thérèse à l'issue du récit, à Paris ?

DOSSIER THÉMATIQUE :
UNE HÉROÏNE EN RUPTURE

INTRODUCTION

Dans ce roman, l'auteur se propose d'étudier les raisons qui poussent un être comme les autres à devenir criminel. En effet, Thérèse n'a pas tenté de tuer son mari pour un mobile clairement défini ou « utile ». Les raisons suggérées semblent davantage d'ordre psychologique, peut-être même génétique. Est en cause également son milieu provincial étriqué et étouffant, dont elle cherche à tout prix à se libérer.

Thérèse incarne un personnage en questionnement cherchant à comprendre ses motivations et ses actes. François Mauriac donne accès au lecteur à son parcours, ses interrogations, le laissant finalement seul juge de ce personnage.

I. ÉTUDE D'EXTRAITS DE L'ŒUVRE

1. Un incipit *in medias res*

Extrait 1 : chapitre I, de « L'avocat ouvrit une porte » (p. 35) à « [...] et ses lèvres chercheront comme de l'eau, cette vie endormie » (p. 39).

Questions sur le texte

1 - Dans cet incipit *in medias res*, les informations sont éparpillées : établissez les protagonistes, le lieu de l'intrigue ainsi que les éléments principaux de cette affaire judiciaire.

2 - L'obsession des personnages semble être la volonté de se cacher, d'être comme invisibles. Retrouvez les passages qui le prouvent. Quelle raison explicite est donnée à propos du père ?

3 - Par quels moyens le romancier donne-t-il accès aux sentiments, aux pensées de Thérèse ?

4 - Quelle menace plane sur les êtres qui dérogent aux comportements bourgeois ? (Considérez le cas de la grand-mère.)

5 - **Grammaire** : Observez le choix de la parataxe* dans cette phrase : « Vous pouvez sortir : il n'y a personne. » Quel connecteur logique pourriez-vous

rétablir ? En quoi le choix de la parataxe peut-il symboliser l'hypocrisie de ce milieu ?

Repère

La **parataxe** : le fait de remplacer un connecteur logique par un simple signe de ponctuation.

Pistes d'analyse : Thérèse Desqueyroux, un réquisitoire contre « l'esprit de famille »

Comment François Mauriac révèle-t-il que la véritable prison n'est pas celle de la justice, mais celle des non-dits de la famille ?

– Avant de s'arrêter sur le titre éponyme*, François Mauriac avait en tête *L'Esprit de famille*, révélant le poids du cadre familial dans le mal-être de l'héroïne. D'emblée, le romancier décrit la domination paternelle et plus largement masculine, et le peu de cas qui est fait de Thérèse.

– Malgré son apparence fragmentaire, le début de ce roman offre aux lecteurs tous les éléments nécessaires à sa compréhension. Les trois protagonistes sont nommés par leur nom – Duros, Desqueyroux, Larroque –, le lieu est à la fois précis, « le palais de justice », et indéterminé. Les circonstances de l'accusation sont toutes explicites : l'empoisonnement, la plainte du docteur

Pédemay, l'alibi de l'« inconnu qui lui remet une ordonnance » (p. 37, l. 20).

– Le lecteur perçoit une menace qui semble planer au-dessus des personnages, qui ont l'air de se sentir reliés par un secret honteux qu'il faut absolument cacher. Tous semblent craindre d'être vus, entendus, « épiés ». Ainsi le père a fait garer la voiture « en dehors de la ville, pour ne pas attirer l'attention » (p. 36, l. 15), et Thérèse est ravie que la nuit la cache. Nous apprendrons que cette peur est liée au désir de pouvoir du père, qui joue un rôle politique dans la région et craint d'être compromis par ce procès.

– La focalisation interne* du personnage de Thérèse prédomine très clairement dans ce passage. Le lecteur a accès aussi bien à ses sensations – le toucher notamment – qu'à ses craintes et à ses espoirs. François Mauriac recourt même au monologue intérieur*. Nous avons aussi l'impression d'entendre sa voix par la présence de marques d'oralité, comme « oui » (p. 37, l. 15) ou « enfin » (p. 37, l. 6).

– L'enjeu le plus fort de cette scène est bien de faire comprendre que les vrais criminels ne sont peut-être pas ceux qui ont été jugés par la justice, mais plutôt ceux qui font disparaître les membres contrariant leurs projets de la façon la plus discrète possible. Si bien que le lecteur s'inquiète pour Thérèse, qui de coupable qu'elle était, devient victime.

Repères

Un **personnage éponyme** : éponyme signifie « du même nom » ; on parle de personnage éponyme lorsque le protagoniste d'une œuvre donne son nom au titre. Ainsi, *Thérèse Desqueyroux* est à la fois le nom de l'héroïne et le titre du roman.
La focalisation interne : le narrateur adopte le point de vue d'un personnage.
Le monologue intérieur : l'auteur rend compte des pensées d'un personnage, telles qu'il se les formule à lui-même.

PROLONGEMENTS : COMMENTAIRE ET ÉCRITURE D'INVENTION

Commentaire

Voici deux axes de **commentaire,** vous élaborerez et rédigerez celui de votre choix :

I. Un incipit *in medias res.*
II. La dénonciation de l'esprit de famille bourgeois.

Écriture d'invention

Imaginez et rédigez la lettre que Thérèse pourrait écrire à son amie Anne pour lui faire un compte rendu des réactions de son père à la sortie de son procès. Vous la montrerez parfaitement lucide et clairvoyante sur les intérêts de son père et désabusée quant à l'intérêt qu'il lui porte réellement.

2. Le basculement

Extrait 2 : chapitre VIII, de « La voici au moment de regarder en face l'acte qu'elle a commis... » (p. 127) à « [...] atteindre l'air libre, vite ! vite ! » (p. 130).

Questions sur le texte

1 - Par qui est versée la première surdose de poison ? Dans quelles circonstances ?

2 - Comment réagit l'autre personnage ? Comment s'appelle pour la justice cette absence de réaction devant un danger de mort ?

3 - À quel moment Thérèse devient-elle vraiment coupable ? Saisit-elle à ce moment-là la gravité de son geste ? En quoi aggrave-t-elle encore son cas par la suite ?

4 - À quelles phrases voit-on que l'héroïne tente de comprendre son geste ? À quel type de phrases l'auteur a-t-il recours ?

5 - Quelle métaphore filée* l'auteur emploie-t-il pour rendre compte de l'engrenage criminel dans lequel s'engage Thérèse ?

6 - **Grammaire** : Dans ces phrases « sa forte main velue s'oublie au-dessus du verre » et « elle a été aspirée par le crime » le sujet fait-il l'action ? Comment se nomment ces deux formes verbales et quel est leur intérêt ?

Repère

Une métaphore est dite **filée** quand une métaphore est déployée sur plusieurs phrases dans un même texte, à travers différentes expressions, toutes liées à un même champ lexical.

Pistes d'analyse : devenir une criminelle...

Comment s'opère le basculement entre une épouse peu aimante et une criminelle presque involontaire ?

– Tout d'abord, François Mauriac tente de déresponsabiliser son héroïne. Ainsi, si depuis son mariage, Thérèse éprouve un vif dégoût pour Bernard, elle n'a jusqu'alors rien fait contre lui. L'idée même du poison lui sera donnée par la victime qui, dans une circonstance tout à fait perturbante – l'incendie qui se rapproche des terres –, va doubler sa dose d'arsenic sans s'en apercevoir.

– La première faute de Thérèse sera son silence, ou « non-assistance à personne en danger », lorsqu'elle voit, trop tard, qu'il a doublé sa dose. Sa deuxième responsabilité consiste à ne pas dévoiler au docteur les raisons possibles du malaise de Bernard. Mais le véritable acte irresponsable est ce jeu « dangereux » auquel elle participe, lorsqu'elle veut s'assurer que le poison est réellement la cause de ces vomissements, et qu'elle retente cette expérience.

– Ensuite le destin – que Thérèse, en tant qu'athée, nommerait plus sûrement le hasard – se mêle à la partie et se ligue contre la victime. Il y a d'abord la responsabilité de ce docteur qui, par orgueil, tarde à demander l'expertise d'un confrère par crainte d'être déjugé. Puis, l'irresponsabilité de la mère qui préfère faire encourir un risque à son fils, que de se fâcher avec une sommité du village : un docteur. Ensuite, c'est un concours de circonstances qui transforme la jeune épouse en messagère des ordonnances, puisque tante Clara est alitée. Mauriac semble vouloir démontrer qu'une force supérieure maléfique concorde avec la volonté à demi consciente de Thérèse pour la faire basculer dans la tragédie du crime. Les hasards, les circonstances lui permettent aisément de refermer son piège sur Bernard.

– Cependant avec le recul elle s'analyse, durant le trajet de retour vers Argelouse. Elle essaie de comprendre ses actes, d'où le recours aux nombreuses questions rhétoriques. Lorsqu'elle agissait, elle ne se sentait pas responsable mais plutôt aspirée par son crime, d'où l'emploi des métaphores qui la déresponsabilisent. Le choix d'un vocabulaire religieux « tentation », « ténèbres », et même le choix de l'incendie, peuvent évoquer les fléaux bibliques.

PROLONGEMENTS : COMMENTAIRE ET EXERCICE ORAL

Commentaire

Rédigez l'introduction du commentaire de ce texte en sélectionnant dans la biographie du dossier les éléments qui vous paraissent éclairants, puis en résumant et en caractérisant ce passage rapidement. Annoncez enfin votre plan.

Exercice oral

Vos camarades, outrés par la tentative d'empoisonnement de Thérèse sur son époux et son manque de sentiment maternel, déclarent détester cette héroïne. Vous vous en faites l'avocat dans une plaidoirie pour tenter d'expliquer son geste. Vous penserez à apostropher votre auditoire et à recourir aux questions rhétoriques.

3. Un nouveau couple ?

Extrait 3 : chapitre XIII, de « Bernard l'interrompit : "En voilà des phrases..." » (p. 181) à « [...] les consommations étaient payées » (p. 185).

Questions sur le texte

1 - Observez le cadre spatio-temporel de ce dernier chapitre en relisant les premières lignes. En quoi est-il en opposition avec l'incipit ?

2 - Les deux époux parviennent-ils à renouer la communication dans cette scène ?

3 - À quoi voit-on que Bernard reste avant tout sensible aux apparences, à l'image qu'il donne ?

4 - Grâce à quels propos peut-on dire que Thérèse cherche encore à comprendre son geste criminel lors de ce dernier échange ?

5 - Observez la métaphore filée qui désigne les passants parisiens. Est-ce Thérèse qui les perçoit ainsi ou le narrateur ?

6 - **Grammaire :** Repérez une phrase au discours direct*, une au discours indirect* et un passage au discours indirect libre*, en rappelant ce qui vous a permis de les repérer. De quoi rend compte chacun de ces discours ?

Repères

Le **discours direct** reprend mot pour mot les phrases qui ont été dites sans apporter aucune modification [Il m'a dit : « Ça m'écœure vraiment ! »], alors qu'au **discours indirect** les phrases rapportées sont intégrées à la phrase introductrice, ce qui induit des modifications de temps, de personne, de ponctuation… [Il m'a dit qu'il était écœuré.]
Le **discours indirect libre** permet de retranscrire les pensées d'un personnage avec une certaine vivacité, une oralité tout en les intégrant à la phrase sans rupture puisque la phrase introductrice disparaît. [Cela l'écœurait vraiment !]

Pistes d'analyse : retrouvailles ou rupture ?

Quel est l'état des relations entre Bernard et Thérèse au terme du roman ?

– Ce dernier chapitre est conçu comme le contrepoint du premier. En effet, l'intrigue s'ouvrait par une soirée brumeuse et déserte d'une petite ville des Landes, alors que l'œuvre se referme sur une belle matinée de printemps dans l'effervescence parisienne. Autant l'incipit paraissait enfermer la protagoniste, autant ce chapitre suggère l'idée d'une renaissance de Thérèse. Le lieu, l'époque, l'atmosphère concourent à créer une symbolique forte.

– Cependant ce n'est pas avec son époux que Thérèse retrouve le bonheur. Si, à première vue, le dialogue semble renoué entre eux, très vite ce sont leurs dissensions qui frappent. Ainsi leur capacité à se comprendre reste inexistante puisque, lorsqu'elle tente de lui expliquer les motifs, il refuse de la croire et rit. Nous assistons donc au divorce définitif de ces deux âmes qui n'ont jamais su communiquer. Lui se reproche sa faiblesse, elle son incapacité à dire sa vérité sur ses raisons de le haïr.

– D'ailleurs, Bernard et Thérèse n'ont pas du tout les mêmes aspirations. L'époux est obsédé par l'image qu'il renvoie ; l'intérêt de la famille lui importe avant tout. Le narrateur revient sur une métaphore déjà utilisée pour Bernard, « à la voie », signifiant qu'il est incapable d'agir de façon nouvelle, pragmatique ou spontanée. Thérèse, au contraire, jusqu'à la fin, cherche à voir clair dans son geste, à analyser son comportement. Bernard est incapable de suivre les raisonnements complexes de son épouse, et se contente de payer les consommations en le signifiant ostensiblement.

– Thérèse, qui n'a pas réussi à se détacher de cet obsessionnel questionnement sur elle-même tout au long du roman, semble compter sur le bouillonnement de la capitale pour s'étourdir. Elle compare tous ces passants à un flot, dans une métaphore maritime filée : « d'invisibles écluses », « la vague des taxis », « le fleuve humain »... Alors que l'obsession de

Bernard, comme le suggère le discours indirect libre (p. 182, l. 6 à 12), est de fuir au plus vite celle qui, parce qu'il ne la comprend pas, lui paraît folle. La rupture est définitivement consommée.

PROLONGEMENTS : COMMENTAIRE ET ANALYSE D'IMAGE

Commentaire

À l'aide des pistes d'analyse proposées, dégagez deux axes à partir desquels pourrait s'organiser le commentaire de ce texte.

Analyse d'image

Amadeo Modigliani, *Femme assise à la robe bleue*, 1918-1919, huile sur toile, 92 × 60 cm, Moderna Museet, Stockholm.

1 - En quoi la représentation des traits du visage de la femme est-elle originale ? Quel effet cela peut-il produire sur le spectateur ?

2 - Quels éléments de ce portrait contribuent à dégager la mélancolie du modèle ? Observez sa posture, l'expression du visage, les couleurs. Quels autres sentiments le spectateur a-t-il l'impression de percevoir dans ce portrait ?

3 - Quels points communs pourrait-on établir entre ce portrait et le personnage de Thérèse ?

II. ÉTUDE D'ENSEMBLE

1. Thérèse : coupable ou victime ?

À première vue, Thérèse est coupable d'avoir voulu empoisonner son époux, mais n'est-elle pas aussi victime des mœurs d'une société qui ne supporte pas ceux qui sont différents, et osent remettre en question ses fondements ?

Une coupable évidente...

Les lecteurs, tout comme la victime de Thérèse, Bernard, savent qu'elle a bien tenté d'empoisonner son époux à petit feu et de façon préméditée. Coupable, elle l'est aussi lorsqu'elle ne montre aucun remords. Elle se contente d'expliquer son geste à son mari. Elle ne ressent pas de culpabilité.

Thérèse est aussi coupable aux yeux de ses contemporains lorsqu'elle n'éprouve aucune joie à se projeter dans la maternité. Elle ne se sent pas concernée par cet événement qui rendait si fiers les femmes comme les hommes. Au contraire, Thérèse retient davantage les désagréments de sa grossesse.

Elle semble enfin coupable d'avoir dérobé à son amie Anne son bel amant. En effet, Thérèse tombe littéralement sous le charme de ce jeune homme. Elle refuse d'avouer qu'elle est séduite physiquement, cependant il dégage une sensualité qui l'enivre. Tous ces éléments le rendent bien plus désirable et envoûtant que Bernard. À son départ, elle éprouve un véritable vide. Cependant elle ne tardera pas à le juger avec la même sévère clairvoyance qu'elle pose sur tous les êtres, le considérant comme le stéréotype de l'intellectuel parisien.

… qui n'en est pas moins victime

Mais par bien des aspects, Thérèse est aussi une victime.

L'héroïne se sent prisonnière à la fois de l'esprit de famille, qu'elle perçoit comme une véritable prison, et de cette campagne isolée, solitaire, silencieuse. La métaphore qui revient le plus souvent est celle de la prison, de la cage : « La famille ! […] cette cage aux barreaux innombrables et vivants, cette cage tapissée d'oreilles et d'yeux » (p. 81, l. 25-26 à p. 82, l. 1). C'est pourquoi elle se désigne elle-même comme « une proie ». Il n'est donc pas étonnant que François Mauriac ait fait de Bernard un chasseur de palombes.

Par ailleurs, lorsqu'elle est enceinte elle sent qu'elle n'est aux yeux des de La Trave qu'un « vase sacré ». Elle ne se sent pas aimée pour elle-même, mais pour l'enfant qu'elle porte et en souffre. Contrainte à la maternité seulement parce qu'il était impensable dans ce milieu social de refuser d'être mère, Thérèse a le sentiment d'être pieds et mains liés à un destin qu'elle n'a pas choisi, qui ne lui correspond en rien. On lui reproche d'ailleurs de n'être pas animée de sentiment maternel. Elle, qui pouvait croire qu'elle avait rempli son rôle en faisant un enfant, se rend compte qu'elle n'a pas encore satisfait toutes les attentes qui pèsent sur elle. Son manque d'amour pour Marie reproduit peut-être aussi le manque d'affection de son père.

Or, Thérèse a profondément le besoin de se sentir libre. Elle étouffe littéralement dans cet univers refermé sur lui-même. Même la façon dont sa belle-famille se tait lorsque Thérèse les provoque tue à petit feu sa vivacité. Peut-être est-elle aussi victime d'une dépression nerveuse que son entourage est incapable de déceler, et qu'elle doit affronter sans même l'avoir nommée. Sans en avoir conscience, elle semble rêver d'un refuge : « Sortir du monde… Mais comment ? et où aller ? » (p. 125, l. 16-17), au point d'être prête à se faire pyromane pour que quelque chose change dans cette existence qui lui paraît si lourde.

Thérèse est donc un personnage ambigu, qui manifeste autant de force que de fragilité, que l'on peut aussi bien plaindre que détester. En un mot, c'est un personnage terriblement humain.

DISSERTATION

Élaborez le plan détaillé du sujet de dissertation suivant :

Vous vous demanderez en quoi Thérèse Desqueyroux est un personnage de roman idéal.

Pour cela, vous pourrez réfléchir à son évolution au cours du roman, à ce qui la rend touchante mais aussi inquiétante, vous demander si l'identification est possible. Vous pourrez aussi réfléchir aux raisons qui ont poussé François Mauriac à choisir – comme il la nomme lui-même – une figure de monstre.

EXPOSÉ SUR LE PERSONNAGE DE BERNARD

Vous établirez les caractéristiques de ce personnage en dégageant ses qualités et ses défauts. Puis, vous analyserez ses relations avec Thérèse, le rapport de force qu'il entretient avec elle.

Vous conclurez sur l'intérêt romanesque de ce personnage.

2. Thérèse : une femme en décalage avec son milieu et son époque

Thérèse est un personnage riche et complexe, car elle est difficile à cerner. Par certains points, elle semble incarner la parfaite bourgeoise, par d'autres elle se montre rétive à son milieu.

Une épouse bourgeoise ?

Thérèse semble se plier aux contraintes de son milieu bourgeois. Elle épouse un homme pour ses propriétés. Même si ce sont pour des raisons peut-être inavouables, elle se résout à ramener Anne dans le droit chemin, à la plus grande joie de Bernard. Ainsi, elle adopte jusqu'aux discours les plus stéréotypés de la bourgeoisie lorsqu'elle rencontre l'amant d'Anne : « Déjà je le prenais de haut, l'accusais, sur un ton solennel, " de porter le trouble et la division dans un intérieur honorable" » (p. 104, l. 7-9). Cependant, la présence des guillemets dans ses propres paroles suggère la distance avec ce qu'elle dit, lorsqu'elle imite le discours des siens, dont elle se sent si profondément différente.

Une femme lucide

La modernité du personnage de Thérèse tient d'abord à l'extrême lucidité dont elle fait preuve à l'égard des personnes qui l'entourent : son époux en premier lieu, mais aussi Anne. Cela peut donner de Thérèse l'image d'une femme froide, sans cœur, qui juge plus qu'elle n'aime. Cette incapacité à aimer s'explique aussi par le fait qu'elle est athée et cherche, sans le trouver, un but à sa vie. Il n'est sans doute pas anodin que le village créé par François Mauriac – inspiré de Saint-Symphorien, dans les Landes – où habite le personnage, se nomme « Saint-Clair ». Son habitante voit « clair » dans les âmes, et cette trop grande sagacité fait aussi son malheur ; elle ne peut aimer ceux qui l'entourent, car elle perçoit leurs limites et leur médiocrité. D'ailleurs, même son père, qu'elle considère comme le « seul homme supérieur » (p. 99, l. 3), est broyé par la lucidité de Thérèse, et elle se montre tout autant cinglante avec lui qu'avec les autres.

Cette perspicacité s'applique également à elle-même. En effet, Thérèse est un personnage qui enquête sur elle-même : « Elle se penche sur sa propre énigme, interroge la jeune bourgeoise mariée dont chacun louait la sagesse » (p. 85, l. 7-9). De même, elle mesure l'écart entre elle et son amie Anne à la distance critique qu'elle pose sur ceux qu'elle aime.

Une femme émancipée

Par certains aspects, Thérèse se montre très émancipée. En effet, elle est instruite, ce qui ne correspond pas aux attentes que l'on a d'une femme dans son milieu. Elle fume beaucoup, ce qui choque sa belle-famille et son époux. Là où François Mauriac se montre peut-être le plus audacieux, c'est lorsqu'il montre une femme en souffrance, qui prend des cachets pour dormir, peine à se reconnaître lorsqu'elle est dévastée par la jalousie, semble avoir des penchants qu'on qualifierait aujourd'hui d'anorexique, autant d'éléments qui révèlent un malaise profondément ancré. Ses paradoxes, ce besoin de s'opposer à son interlocuteur, ce désir de Bernard « qu'elle devînt plus simple » (p. 65, l. 20), ce rejet de la famille qu'elle perçoit comme une prison, une « cage » (p. 82, l. 1), font de Thérèse un personnage moderne. Enfin, cette impossibilité à s'épanouir sexuellement avec son époux, qui va jusqu'à un dégoût très vif des rapports sexuels ouvrant la voie à une frigidité, est une audace chez un écrivain « catholique », et ce d'autant plus que, même si ce n'est qu'implicite, Thérèse semble bien éprouver de véritables penchants amoureux, et donc homosexuels, pour la demi-sœur de Bernard.

PROLONGEMENTS : DISSERTATION ET ANALYSE D'IMAGE

Dissertation

Préparation du sujet suivant :

Quelle dimension critique peut-on dégager du roman *Thérèse Desqueyroux* ?

Recherchez dans le roman des exemples de l'hypocrisie des différents membres de l'entourage de Thérèse, de l'importance donnée aux apparences, au détriment de certaines valeurs (vérité, amour, lien parents/enfants…).

Analyse d'image

Tamara de Lempicka, *The Green Turban,* 1930, collection particulière.

1 - Si vous deviez choisir ce tableau pour représenter les deux amies, Anne et Thérèse, qui serait l'une, pourquoi ? Et l'autre ? Justifiez vos choix en observant leur position, la direction de leur regard.

2 - Comment la complicité entre les deux femmes est-elle traduite ? Observez notamment le jeu des couleurs : en quoi vient-il corroborer cette impression d'amitié ?

3 - Montrez que ces deux visages pourraient aussi représenter les deux faces de l'âme torturée de Thérèse.

COMPLÉMENT

Regardez l'adaptation du roman par le réalisateur Georges Franju. En quoi sa vision du couple « Anne/Thérèse » correspond-il bien à cette relation trouble et ambiguë que suggère ce tableau de Tamara de Lempicka ?

III. CORPUS COMPLÉMENTAIRE – DES COUPABLES FACE À LEURS JUGES

1. Texte 1 : extrait du *Rouge et le Noir* de Stendhal, 1830 (Partie II, chapitre XLI, *Le jugement*).

Le héros, Julien Sorel, modeste fils de charpentier, a réussi à se hisser dans la noblesse grâce à l'amour qu'il a suscité chez Mathilde de la Mole. Mais son ancienne maîtresse, Madame de Rênal, contrainte par son confesseur, a écrit une lettre pour détruire la réputation de Julien auprès de cette famille, au moment où il s'apprêtait à épouser la jeune marquise. L'apprenant, Julien a cherché à la tuer, mais l'a simplement blessée. Il est ici jugé, et sera finalement condamné à mort.

Voilà le dernier de mes jours qui commence, pensa Julien. Bientôt il se sentit enflammé par l'idée du devoir. Il avait dominé jusque-là son attendrissement, et gardé sa résolution de ne point parler ; mais quand le président des assises lui demanda s'il avait quelque chose à ajouter, il se leva. Il voyait devant lui les yeux de Mme Derville[1] qui, aux lumières, lui semblèrent bien brillants. Pleurerait-elle, par hasard ? pensa-t-il.

« Messieurs les jurés,

« L'horreur du mépris, que je croyais pouvoir braver au moment de la mort, me fait prendre la parole. Messieurs, je n'ai point l'honneur d'appartenir à

---

1. Madame Derville est l'amie proche de Mme de Rênal, que Julien a tenté de tuer.

votre classe, vous voyez en moi un paysan qui s'est révolté contre la bassesse de sa fortune.

« Je ne vous demande aucune grâce, continua Julien en affermissant sa voix. Je ne me fais point illusion, la mort m'attend : elle sera juste. J'ai pu attenter aux jours de la femme la plus digne de tous les respects, de tous les hommages. Mme de Rênal avait été pour moi comme une mère. Mon crime est atroce, et il fut *prémédité*. J'ai donc mérité la mort, messieurs les jurés. Mais quand je serais moins coupable, je vois des hommes qui, sans s'arrêter à ce que ma jeunesse peut mériter de pitié, voudront punir en moi et décourager à jamais cette classe de jeunes gens qui, nés dans une classe inférieure, et en quelque sorte opprimés par la pauvreté, ont le bonheur de se procurer une bonne éducation, et l'audace de se mêler à ce que l'orgueil des gens riches appelle la société.

« Voilà mon crime, messieurs, et il sera puni avec d'autant plus de sévérité, que, dans le fait, je ne suis point jugé par mes pairs[1]. Je ne vois point sur les bancs des jurés quelque paysan enrichi, mais uniquement des bourgeois indignés… »

Pendant vingt minutes, Julien parla sur ce ton ; il dit tout ce qu'il avait sur le cœur ; l'avocat général, qui aspirait aux faveurs de l'aristocratie, bondissait sur son siège ; mais malgré le tour un peu abstrait que Julien avait donné à la discussion, toutes les femmes fondaient en larmes. Mme Derville elle-même avait son mouchoir sur ses yeux. Avant de finir, Julien revint à la préméditation, à son repentir, au respect, à l'adoration filiale

1. Des personnes qui sont mes égales, qui appartiennent au même rang social.

et sans bornes que, dans les temps plus heureux, il avait pour Mme de Rênal… Mme Derville jeta un cri et s'évanouit.

Stendhal, *Le Rouge et le Noir*, Le Livre de Poche, 1997.

Questions sur le texte :

1 - Selon Julien Sorel lui-même, pourquoi est-il juste qu'il meure ?

2 - Cependant pour quel motif, selon lui, est-il en fait condamné ?

3 - Le héros éprouve-t-il des remords pour sa tentative avortée de crime ? Vous semble-t-il partager des points communs avec Thérèse Desqueyroux ?

2. Texte 2 : extrait de *L'Étranger* d'Albert Camus, 1942 (Partie II, chapitre IV).

Ce roman, qui se déroule à Alger, raconte l'histoire d'un homme, Meursault, entraîné par amitié à en tuer un autre qui ne lui a rien fait. Lors de son jugement, il vient d'être attaqué sur le fait qu'il n'a pas manifesté de chagrin lors de l'enterrement de sa mère. On lui reproche en effet d'être allé au cinéma peu de temps après pour voir un film comique, d'avoir déjeuné au restaurant comme à son habitude.

Et j'ai essayé d'écouter encore parce que le procureur s'est mis à parler de mon âme.

Il disait qu'il s'était penché sur elle et qu'il n'avait rien trouvé, messieurs les jurés. Il disait qu'à la vérité, je n'en avais point, d'âme, et que rien d'humain, et pas un des principes moraux qui gardent le cœur des hommes ne m'était accessible. « Sans doute, ajoutait-il, nous ne saurions le lui reprocher. Ce qu'il ne saurait acquérir, nous ne pouvons nous plaindre qu'il en manque. Mais quand il s'agit de cette cour, la vertu toute négative de la tolérance doit se muer en celle, moins facile, mais plus élevée, de la justice. Surtout lorsque le vide du cœur tel qu'on le découvre chez cet homme devient un gouffre où la société peut succomber. » C'est alors qu'il a parlé de mon attitude envers maman. Il a répété ce qu'il avait dit pendant les débats. Mais il a été beaucoup plus long que lorsqu'il parlait de mon crime, si long même que, finalement, je n'ai plus senti que la chaleur de cette matinée. Jusqu'au moment, du moins, où l'avocat général s'est arrêté et après un moment de silence, a repris d'une voix très basse et très pénétrée : « Cette même cour, messieurs, va juger demain le plus abominable des forfaits : le meurtre d'un père. » Selon lui, l'imagination reculait devant cet atroce attentat. Il osait espérer que la justice des hommes punirait sans faiblesse. Mais, il ne craignait pas de le dire, l'horreur que lui inspirait ce crime le cédait[1] presque à celle qu'il ressentait devant mon insensibilité. Toujours selon lui, un homme qui tuait moralement sa mère se retranchait de la société des hommes au même titre que celui qui portait une main meurtrière sur l'auteur de ses jours. Dans tous les cas, le premier préparait les

1. Lui paraissait moins fort, moins criminel que l'absence d'amour du héros envers sa mère.

actes du second, il les annonçait en quelque sorte et il les légitimait. « J'en suis persuadé, messieurs, a-t-il ajouté en élevant la voix, vous ne trouverez pas ma pensée trop audacieuse, si je dis que l'homme qui est assis sur ce banc est coupable aussi du meurtre que cette cour devra juger demain. Il doit être puni en conséquence. » Ici, le procureur a essuyé son visage brillant de sueur. Il a dit enfin que son devoir était douloureux, mais qu'il l'accomplirait fermement. Il a déclaré que je n'avais rien à faire avec une société dont je méconnaissais les règles les plus essentielles et que je ne pouvais pas en appeler à ce cœur humain dont j'ignorais les réactions élémentaires.

Questions sur le texte :

1 - Quelle posture Meursault adopte-t-il lors de son procès ?

2 - Pour quelle raison clairement exprimée par l'avocat général, Meursault est-il considéré comme criminel ? Pour quel crime devrait-il pourtant être puni ?

3 - Quels points communs pouvez-vous établir entre l'histoire et l'attitude de Meursault, et celles de Thérèse ?

GLOSSAIRE

Discours rapportés, p. 201 : on distingue trois types de discours, le discours direct (DD), indirect (DI) et indirect libre (DIL).

Le **DD** reprend mot pour mot les phrases qui ont été dites sans apporter aucune modification [Il m'a dit : « ça m'écœure vraiment !] », alors qu'au **DI** les phrases rapportées sont intégrées à la phrase introductrice, ce qui induit des modifications de temps, de personne, de ponctuation… [Il m'a dit qu'il était écœuré.]

Le **DIL** permet de retranscrire les pensées d'un personnage avec une certaine vivacité, une oralité tout en les intégrant à la phrase sans rupture puisque la phrase introductrice disparaît. [Cela l'écœurait vraiment !]

Éponyme, p. 195 : signifie « du même nom » ; on parle de personnage éponyme lorsque le protagoniste d'une œuvre donne son nom au titre. Ainsi, *Thérèse Desqueyroux* est à la fois le nom de l'héroïne et le titre du roman.

Focalisation interne, p. 195 : le narrateur adopte le point de vue d'un personnage.

Incipit, p. 193 : le début du roman. Il donne le cadre spatio-temporel (où ? et quand ?) présente les personnages (qui ?) et pose le problème (quoi ?). Dans les romans traditionnels, toutes ces informations sont données avant même le début de l'intrigue.

Incipit *in medias res*, p. 28 : au contraire de l'incipit traditionnel, il présente immédiatement l'action, puis distille les informations nécessaires à la compréhension mais de façon éclatée, fragmentaire. C'est au lecteur de recomposer le « puzzle » des informations.

Métaphore, p. 197 : Une métaphore est une figure de style qui consiste à rapprocher la chose dont on parle (appelée le comparé) et une autre chose (le comparant) qui n'est pas dans l'histoire mais qui partage un point commun ou plusieurs avec le comparé. Les deux éléments peuvent être présents (métaphore *in praesentia*) ou bien il n'y a que le comparant, à charge pour le lecteur de retrouver intellectuellement le comparé (métaphore *in absentia* : la plus courante). Dans tous les cas, il n'y a pas d'outil de comparaison (« comme », « tel que », « semblable à », « paraître »). On dit qu'une métaphore est **filée** lorsqu'elle est déployée sur plusieurs phrases dans un même texte, à travers différentes expressions toutes liées à un même champ lexical.

Monologue intérieur, p. 195 : l'auteur rend compte des pensées d'un personnage, telles qu'il se les formule à lui-même.

Parataxe, p. 193 : le fait de remplacer un connecteur logique par un simple signe de ponctuation.

DOCUMENTATION

BIBLIOGRAPHIE

Romans de François Mauriac

Le Baiser aux lépreux, 1922.

C'est le premier roman de Mauriac à obtenir un certain retentissement. Il raconte le drame d'un mariage qui a été arrangé par un prêtre et le père du garçon pour éviter que l'héritage parte aux mains de radicaux anticléricaux. Mais le couple est formé de la plus jolie jeune fille d'un village avec un jeune homme proprement monstrueux physiquement. Pour ne pas mécontenter le prêtre et leur famille, ils se marient sans y croire et sans amour.

Genitrix, 1923.

Dans ce roman, Mauriac présente une mère monstrueusement possessive avec son fils. Elle ne supporte pas la jolie Mathilde qui s'est fait épouser et la tue à petit feu, mais le fils le lui fera payer à son tour. Nouveau drame d'une famille étouffante qui ne laisse pas ses enfants vivre libres et heureux.

Le Nœud de vipères, 1932.

C'est ce livre qui ouvre la voie de l'Académie française à Mauriac. Il s'agit cette fois d'un père qui déteste sa femme et ses enfants et réfléchit en approchant de la mort à la façon de les déshériter. Nous assistons à ses questionnements grâce à son journal intime.

Le Sagouin, 1951.

Raconte l'histoire d'une famille déchirée. Le jeune Guillaume, dit Guillou, est haï par sa mère qui l'estime retardé et incapable. Le jeune garçon trouvera un court moment de bonheur auprès d'un instituteur avant de sombrer avec son père dans un drame.

Les suites de *Thérèse Desqueyroux* (*Thérèse chez le docteur* et *Thérèse à l'hôtel*) datent toutes deux de 1933 et prouvent l'intérêt de François Mauriac pour son personnage, qui lui avait apporté le succès et qu'il avait du mal à abandonner.

Ouvrages sur *Thérèse Desqueyroux*

Thérèse Desqueyroux, Marceline Jacob-Champeau, coll. « Balises », Nathan, 2007.

Thérèse Desqueyroux, Maurice Maucuer, coll. « Profil d'une œuvre », Hatier, 1994.

Ouvrages sur François Mauriac

Dictionnaire des lettres françaises. Le xxe siècle. La Pochothèque, Encyclopédies d'aujourd'hui, Le Livre de Poche, 1998, p. 732 à 735.

Récits de criminels

Bonjour Tristesse, Françoise Sagan, Pocket, 2009.
L'Étranger, Albert Camus, Folio (n° 2), 1972.

ADAPTATIONS CINÉMATOGRAPHIQUES DE *THÉRÈSE DESQUEYROUX*

Thérèse Desqueyroux, film en noir et blanc réalisé par Georges Franju, 1962.

Réné Chateau vidéo avec une adaptation et des dialogues créés par Mauriac lui-même. Une adaptation très fidèle au texte qui révèle la dureté des familles, les penchants homosexuels de l'héroïne pour Anne interprétée par la très troublante Édith Scob, actrice fétiche du réalisateur, le fossé qui sépare Bernard, interprété par Philippe Noiret, de sa femme, jouée par Emmanuelle Riva.

Thérèse Desqueyroux, film en couleurs réalisé par Claude Miller, 2012.

Éditions DFW avec dans le rôle-titre Audrey Tautou et dans celui de Bernard, Gilles Lellouche. Ce film est moins fidèle au roman puisque le réalisateur fait le choix d'imaginer l'enfance et l'adolescence de l'héroïne, les parents paraissent moins terrifiants, la sexualité ambiguë de Thérèse est moins évidente. Claude Miller a donné davantage d'humanité à ses personnages.

SITOGRAPHIE

https://www.academie-francaise.fr/les-immortels/francois-mauriac

Un site qui vous permettra de voir des photos de l'auteur et de compléter sa biographie, de connaître les titres de toutes ses œuvres…

https://www.etudes-litteraires.com:therese-desqueyroux.php

Un excellent site pour compléter votre lecture tant sur l'héroïne que sur la dimension critique de l'œuvre.

PAPIER À BASE DE FIBRES CERTIFIÉES

Le Livre de Poche s'engage pour l'environnement en réduisant l'empreinte carbone de ses livres. Celle de cet exemplaire est de :
200 g éq. CO_2
Rendez-vous sur www.livredepoche-durable.fr

Composition réalisée par PCA

Achevé d'imprimer en novembre 2020, en France sur Presse Offset par
Maury Imprimeur – 45330 Malesherbes
N° d'imprimeur : 249238
Dépôt légal 1re publication : août 2019
Édition 04 - novembre 2020
LIBRAIRIE GÉNÉRALE FRANÇAISE – 21, rue du Montparnasse – 75298 Paris Cedex 06

71/0548/0